KB034171

남자 보는 눈으로 통달하는
발칙한 글쓰기

남자 보는 눈으로 통달하는
발칙한 글쓰기

지은이 | 유나경
펴낸곳 | 북포스
펴낸이 | 방현철

편집자 | 공순례
디자인 | 엔드디자인

1판 1쇄 찍은날 | 2012년 09월 25일
1판 1쇄 펴낸날 | 2012년 10월 05일

출판등록 | 2004년 02월 03일 제313-00026호
주소 | 서울시 영등포구 양평동5가 18 우림라이온스밸리 B동 512호
전화 | (02)337-9888
팩스 | (02)337-6665
전자우편 | bhcbang@hanmail.net

ISBN 978-89-91120-64-8 03800

값 14,000원

남자 보는 눈으로 통달하는

발칙한 글쓰기

유나경
지음

북포스

들어가는 글

참 먼 길을 돌아왔다. 처음 가슴에 자리 잡은 때로부터 무려 20년이 흐른 지금에서야 내 꿈은 손에 잡히는 현실이 되었다. 꿈이 있는 한, 그 꿈을 포기하지 않는 한 반드시 이루어진다는 사실을 가슴 뛰게 확인하고 있다. 글을 쓰며 살고 싶다는, 내 책을 가지고 싶다는 오래 묵힌 꿈이 드디어 이뤄진 것이다.

작가가 되고 싶어한 건, 봄비에 초록이 짙어가는 나뭇잎처럼 푸릇푸릇하던 이십대 때였다. 하지만 그 꿈은 지나가는 시간 속에서 자꾸 작아졌다. 이루지 못한 꿈은 누구에게도 인정받지 못했고, 많은 이들이 그러하듯 내게도 가슴 저린 미망으로 남을 줄 알았다.

그렇게 서서히 흐릿해져가던 꿈이 어떻게 이토록 또렷한 모습으로 현실화되었을까?

사람들이 살아가는 모습은 크게 다르지 않다. 나의 삶 역시 뜻밖의 암초를 만나 휘청거리다가 순풍에 돛을 활짝 펴고 나아가길 반복했다. 그렇게 출렁이느라 꿈 같은 건 생각도 못 하고 지냈으며, 사치스럽거나 거추장스럽다고 여기기도 했다. 급기야 어느 순간에는 한구석에 처박아버렸고 나는 서서히 고꾸라졌다. 일어설 의지마저 되살리지 못한 채 세월만 느릿느릿 흘러갔다.

그러다가 운명의 책을 만나 삶이 완전히 바뀌었다. 삶을 바라보는 틀 자체가 달라졌고 의지가 살아났다. 나를 일으켜 세운 것은 책의 힘이었다. 사랑보다 종교보다 더 강한 힘으로 나를 변화시켰다. 어느새 내게도 다른 사람들에게 줄 수 있는 언어가 생겼다. 글을 통해 다른 누군가에게 도움을 주고 싶다는 생각이 절실해졌다.

그래서 다시 도전했고, 그렇게 시작한 글쓰기는 새로운 즐거움을 주었다. 열정은 모자랄지라도 가끔씩 글을 써오긴 했지만, 백지를 대할 때마다 가장 먼저 느낀 건 두려움이었다. 하지만 이제는 달라졌다. 하고픈 이야기가, 들려주고픈 언어가 샘솟기에 그 외의 것들을 신경 쓸 겨를이 없었다는 게 옳을 것이다.

삶의 상황이 확연히 달라진 것도 아닌데, 왜 나는 이렇게 바뀌었을까? 바로 내 안에서 무언가가 근본적으로 바뀌었기 때문이다. 이 책을 통해 하고 싶은 말도 그것이다. 글을 쓰고 싶다면 자신의 내면이 변해야 한다는 것. 적어도 내 경우엔 그러했고, 그런 이야기를 여기 담아내고자 했다.

지나온 삶을 돌이켜보니 가장 집중했던 것이 '남자'와 '글쓰기'였다. 남자에, 글쓰기에 혹은 이 두 가지 모두에 관심이 있는 사람들에게 많은 생각할 거리를 줄 수 있을 거라 생각했고, 그 둘의 공통점을 찾아 이야기를 풀어보았다. '과연!' 하면서 무릎을 치며 공감하는 이들이 많으리라. 글감을 찾거나 글을 풀어나가는 과정에 많은 도움이 될 것이라 확신한다.

실제 책을 내고 작가가 되는 현실적인 조언은 부록으로 따로 정리했다. 내가 참여하고 있는 '꿈꾸는 만년필'이라는 글쓰기 코칭 프로그램의 커리큘럼을 바탕으로 〈작가의 꿈을 이루는 28주 트레이닝 캠프〉를 짠 것이다. 이 과정을 충실히 따른다면 많은 분이 책을 낼 수 있을 거라고 생각한다.

책을 집필하면서 즐거움이 크긴 했지만 항상 그러기만 했던 건 아니다. 여러 복잡한 감정이 나를 흔들고 지나갔는데, 그것들까지 모두 독자와 함께하고 싶다. 그럼에도 글을 쓸 때만큼 행복한 순간은 없었음을 고백하며, 앞으로도 꾸준히 글을 쓰면서 살 계획이다.

이렇게 책을 낼 수 있게 해준 지나온 모든 시간에 감사드린다. 따뜻한 그늘이 되어주시는 부모님, 늘 변함없는 모습으로 지켜준 남편과 든든한 지원군인 두 아들에게 깊은 사랑과 고마움을 보낸다. 그리고 처음부터 나의 열정을 알아봐 주고 이끌어주신 코치이자 은인 양정훈 코치님께 마음 깊은 곳에서 감사와 존경을 보낸다. 좋은 인연이 시작되게 해주신 방현철 대표님을 비롯하여 북포스 가족들께도 깊은 감사를 드린다. 함께 길을 가고 있는 '꿈꾸는 만년필' 회원들에게도 감사를 전한다. 그리고 나의 큰오빠를 기억하며 이 글을 펼친다.

2012년 8월

유나경

차례

4장 이기적인 남자처럼 이기적인 글쓰기

5장 아버지처럼 천천히, 인상적으로 글쓰기

짜릿한 전율의 순간을 선사하는 그들

시간이 지나면 진짜 마법이 시작된다

1장

나를 설레게 하는 두가지, 남자 그리고 글쓰기

01

찌릿한 전율의 순간을 선사하는 그들

● 　윗몸 일으키기를 핑계로 얼굴을 들이대며, "길라임 씨는 언제부터 그렇게 예뻤나?"라고 묻는 현빈의 볼에 팬 보조개에 나는 설렌다. 무대에서 초콜릿 복근을 씰룩거리며 춤을 추는 비의 섹시한 몸짓에는 치명적 유혹마저 느낀다. 우연히 길을 걷는데 깔끔한 슈트 차림의 잘생긴 남자가 무스크 스킨 향을 풍기며 중저음의 울림이 있는 목소리로 길을 물어봐도 나는 설렐 것이다. 카페에서 커피를 마실 때 다른 자리에 앉아 있던 인상 좋은 남자가 내게로 다가와 말이라도 건넨다면, 그 순간 나는 또 당연히 설렐 것이다.

남자, 남자는 항상 나를 설레게 한다.

대학에 입학한 지 얼마 안 되었을 때 일이다. 중국어 수업을 같이 듣던 과 사람들이 스터디 그룹을 만들려고 학교 식당에 갔다. 동기들도 있고 예비역 선배들도 있었다. 어떻게 공부하고 시험 대비는 어떻게 할 것인가를 한창 이야기하고 있는데, 뭔가 자꾸 신경이 쓰였다. 다른 쪽 테이블에서 같은 과 동기 남학생이 나를 뚫어지게 쳐다보고 있었다.

보다 못한 예비역 선배가 그를 불러 다짜고짜 물었다.

"야! 너 얘 좋아하냐? 왜 아까부터 계속 쳐다보냐?"

"네? 아, 그게….''

얼결에 불려온 동기는 또 얼결에 정곡을 찌르는 질문을 받고 무척 당황한 듯했다. 머리를 긁적이더니 낮게 되물었다.

"네! 좋아하긴 하는데요…. 근데 어떻게 아셨어요?"

그 순간 마치 커피를 연거푸 마신 것처럼 나의 심장은 내 의지보다 빨리 뛰기 시작했다. 그날 이후, 학과 사무실에 놓인 그의 동그란 가방만 봐도 가슴이 울렁거렸다.

비가 내리던 어느 여름날, 강의를 마치고 나왔는데 우산이 없었다. 다음 강의를 들으려면 소운동장을 건너 자연과학대 건물까지 가야 했다. 그냥 뛰어가기에는 꽤 먼 거리였다. 그런데 어느샌가 그 남학생이 우산을 들고 내 옆에 바짝 다가서지 않는가.

그날 같이 쓴 우산 속에 흐르던 낯설고도 묘한 공기는 마치 얇은 막처럼 우리를 세상에서 분리시켰다. 이 세상엔 그와 나만 존재하는 것 같았다. 게다가 걸을 때마다 부딪치던 그의 어깨와 우산대를 잡은 그의 팔뚝에 새겨진 힘줄을 보며 나는 처음으로 남자 때문에 설레기 시작했다. 설렌다는 건 누군가를 좋아하기 시작했다는 뜻이다. 그것은 두근거리는 심장 박동으로 나타나기도 하고 발갛게 달아오르는 뺨의 온도로 내비치기도 한다. 누구는 눈빛이 촉촉해지고 누구는 자꾸 만지고 싶어지기도 한다. 자꾸 마음이 간질거리고 몸 안에 공기가 차오르는 것 같아지기도 하다.

　남자를 만날 때처럼 나는 글을 쓸 때 한껏 설렌다. 나를 두근거리게 하는 남자만큼 글쓰기가 좋다. 매력적인 남자만큼 유혹적이고 설레게 한다.

　글을 쓰고 싶다는 당신, 글 앞에서 얼마나 설레는가? 글을 쓰거나 구상할 때 눈빛이 빛나는가? 남자를 터치하고 싶은 것처럼 컴퓨터 자판을 터치하고 싶은가?

　남자와의 짜릿한 키스가 육체를 떨리게 한다면 기막힌 표현으로 가득한 당신의 글은 읽는 이의 마음을 떨리게 할 수 있다. 글쓰기도 남자만큼 당신을 설레게 할 수 있다. 정말 그렇다면 얼마나 즐거운 일이 되겠는가. 모든 일은 즐거움이 있어야 오래 한다. 남자와 연애를 하는 이유는 즐겁기 때문이다. 생각해보라. 남자를 만나고 있을 때 우리는 얼마나 집중하고 즐거워하는가. 사귀던 남자와 힘들게 헤어지면서 친구들에게 다시는 남자를 만나고 싶지 않다고 우네부네 하다가도 또다시 다른 남자와 새로운 만남을 시작하기도 한다. 그 이유는 또 무엇이겠는가. 바로 나를 붕 뜨게 할 만큼 기분 좋은 설렘과 즐거움이 있기 때문이다. 남자와 사귀는 것이 공부나 일처럼 따분하다면 아마도 인류는 이미 공룡과 함께 화석으로나 남아 있을 것이다.

　남자와 연애하듯 글쓰기와 연애하라. 글쓰기가 설레고 즐거운 일이 되어 자꾸 생각나고 그래서 자꾸 만나고 싶어져야 한다. 글 앞에서 남자와 연애를 할 때처럼 설렌다면 당신은 정말 오랫동안 글을 쓸 수 있고, 잘 쓰게 될 것이다.

　누구나 연애를 시작하면 이런저런 생각을 하며 잔뜩 기대에 부푼다. 어쩌면 만나기 전 드는 이런 기대감이 계속 연애를 하게 만드는지도 모른다.

　'오늘 어떤 영화를 볼까?'

　'오늘은 무슨 이야기를 나눌까?'

　'오늘 키스를 하게 될까?'

　이런 상상만으로도 엔도르핀이 온몸을 따라 돌지 않았던가. 글쓰기도 마찬가지다.

　'오늘은 무엇을 쓸까?'

'어제 메모한 단상을 어떻게 풀어낼까?'

'지금의 감정을 어떻게 표현하는 것이 좋을까?'

지금 쓰던 글을 끝냈다고 하더라도 다시 또 다른 이야기를 쓰고 싶어진다. 무언가를 지속하고 싶다는 것은 그 대상에 여전히 빠져 있다는 뜻이다. 그래서 나는 지금 글쓰기와 열애 중이다.

나에게 글을 쓰는 행위만큼 설레고 매력적인 일은 없다. 객관적으로 봐서 글을 쓰는 일은 부와 명예를 위한 일도 아니고, 세상에서 차지하는 중요도나 기여도 또한 크지 않을지도 모른다. 하지만 내게 글쓰기는 무엇보다 신 나는 모험이자 즐거운 여행이다. 토끼를 따라 들어간 이상한 나라에서 앨리스가 여행하는 것처럼 말이다.

이렇게 작게 보면 글을 쓴다는 것은 주관적인 만족일지도 모른다. 마치 세상 수많은 남자 중 하나일 뿐인 그가 나에게만은 가장 특별해 보이는 것처럼. 하지만 글에는 사람을 변화시키는 힘이 있고, 그 힘은 저절로 생기지 않는다. 헤밍웨이는 아는 것을 쓴다고 했고, 니사르가닷따 마하라지는 사람은 자신이 아는 것을 넘어설 수 없다고 했다.

사진작가 최민식은 한 방송 인터뷰에서 이런 명언을 남겼다. 그는 가난하고 소외된 사람을 주제로 사진을 찍어온 우리나라 다큐멘터리 사진작가 1세대다.

"무식하면 무식한 것밖에 표현할 줄 모른다. 의식이 중요하다."

사진작가의 머릿속에 든 게 없으면 눈에 보이는 것만 찍을 뿐 절대 그 이상을 표현할 수 없다는 말이다. 선생님의 사진집을 처음 보던 순간을 잊을 수가 없다. 아주 오래전이었는데도 어제 일처럼 생생하다. 그 사진 속에 들어 있던 가난하고 초라한 사람들은 단순한 피사체 이상의 의미를 지니고 있었다. 그 인물들은 나를 무심히 바라보는 듯했지만 동시에 나에게 수많은 질문을 던졌다. 선생님의 사진에는 여러 가지 생각을 하게 하는 강한 힘이 있었고, 한참 동안 눈을 뗄 수 없게 했다. 그리고 그럴 수밖에 없는 이유를 선생님의 집에 빼곡히 들어찬 수많은 책이 대신 말해주었다.

우리는 아는 만큼 생각하고 아는 만큼 행동한다. 생각이 좋다고 반드시 행동으로 이어지는 것은 아니지만, 글을 쓰기 위해 책을 읽고 생각을 쌓아가다 보면 어떤 식으로든 행동이 점점 생각을 따라간다. 그래서 더 나은 나를 발견하게 된다.

모든 글쓰기 책에서 강조하듯이 글쓰기를 잘하려면 많이 읽고 많이 생각해야 한다. 그러다 보면 깨달음이 오고, 그로 말미암아 의식과 행동에도 변화가 일어난다. 세상을 보는 안목도 점점 길러지고 생각의 폭이나 깊이가 쌓이면서 더 나은 자신이 되어간다. 이런 모든 긍정적이고 발전적인 변화는 당신의 내면에 그대로 쌓인다.

그러고 나면 이제 당신이 쓴 글은 그냥 글이 아니다. 당신이 가지게 된 하나의 작가의식이다. 이제 독자들은 당신의 글을 읽고 반응하고 감동하며, 더 나아가 자신의 변화를 꾀하게 된다. 지금 이 순간 당신이 쓰고 있는 글이 어쩌면 누군가를 변화시킬지도 모른다. 생각만 해도 흥분되지 않는가. 이것이 내가 글을 쓰며 사는 사람들을 좋아하고, 세상에서 가장 매력적인 일이 글쓰기라고 생각하는 이유다.

심리학책을 보니 이런 심리 상태를 '내집단 편애'라고 하던데 아무렴 어떤가. 글을 쓰려 한다거나 쓰고 있는 사람이라면 무조건 좋은걸. 자신의 변화뿐 아니라 다른 사람의 변화까지 불러올 수 있다니 이 세상에 이보다 멋지고 매력적인 일이 또 있을까.

얼마 전 한 영화제 시상식에서 원로배우 이대근의 수상소감이 참 인상적이고 좋았다. 그는 이렇게 말했다.

"영화만큼 아름다운 세상을 나는 아직 보지 못했습니다."

나도 말하고 싶다.

"글을 쓰는 세상만큼 아름다운 세상은 보지 못했습니다."

글쓰기가 쉬운 일이라고, 즐겁다고 말하는 작가는 아직 진정한 글쓰기를 하지 못한 풋내기로 보는 경향이 있는 듯하다. 과연 그럴까. 모든 작가에게 글쓰기는 어렵고 고통스럽고 괴로운 작업일까. 나는 꼭 그렇지만은 않다고 생각한다.

물론 글쓰기는 수많은 날을 고민으로 보내면서 쓰고 고치는 과정을 반복해야 하는 작업이다. 그러는 와중에 머리가 지끈거리고 온

몸이 쑤셔오기도 한다. 하지만 자신이 좋아하는 일에 이만큼 공들이고 노력하지 않는 경우가 있을까? 발레리나 강수진의 발에서도, 축구 선수 박지성의 발에서도 발견할 수 있듯 고통을 수반하긴 하지만 그건 분명 즐거움이다. 그 고통마저 기꺼이 감수하는 것이 진정으로 사랑하는 모습이다.

처음 남자와 사랑에 빠졌던 때를 생각해보라. 온 세상의 슬픔마저 아름다워 보이지 않았던가. 그때처럼 글쓰기와 사랑에 빠지길 바란다. 세상에 어느 남자가 나에게 이런 정신적인 성숙과 떨림을 줄 수 있겠는가. 어쩌다 내가 써놓은 기막힌 문장 한 줄에 전율을 느낄 때가 있다. 그 순간 글쓰기도 키스만큼 짜릿하다.

02

시간이 지나면
진짜 마법이 시작된다

● 나를 그토록 설레게 하던 그 남자, 결혼을 하면 어떻게 될까? 슬픈 일이지만, 설렘이 지겨움으로 바뀌어버리기도 한다. 남자는 처음엔 나를 설레게 하더니 세월이 갈수록 힘들게 한다.

그나마 연애할 때는 덜 했는데, 역시나 애인과 남편은 전혀 다른 단어라는 것을 절감하게 된다. 어쩜 이렇게 달라지는지 아마도 남자는 남편이 되는 순간 마법에 걸리는 모양이다. 모처럼 함께 걸을 때면 나만 바라보던 달콤한 애인은 어디 가고 지나가는 여자 전신 스캔하느라 바쁜 늑대 한 마리가 있을 뿐이다. 집에 오면 소파와

한 세트가 되어 집안을 차지하는 가구로 변신한다. 거기다 일주일에 두 번은 새벽에 들어오고 한 번은 아침에 들어오는 규칙적인 만행을 저지르고, 자기가 무슨 신데렐라 오빠라도 되는 줄 아는지 자정만 넘으면 핸드폰 전원과 함께 저 멀리 달아난다.

이럴 때마다 여자는 도대체 내가 전생에 무슨 죄를 지었나 하는 생각마저 든다. 그런데 그게 전부가 아니다. 내가 울면 어쩔 줄 몰라하며 싹싹 빌기 바빴던 애인, 남편이 되더니 이렇게 말한다.

"눈물로 나를 꺾으려고 하지 마!"

"…!"

이건 숫제 남편이 아니라 협상 테이블에 앉은 정치인이다. 마법에 걸리지 않고서야 어떻게 이렇게까지 딴사람이 된단 말인가. 동화에선 개구리가 왕자가 되던데 현실에선 왕자가 개구리가 되어버린다. 남자 때문에 설레던 나, 이제 남자 때문에 미칠 지경이다.

내 맘대로 안 되는 남자처럼 글쓰기도 내 생각대로 잘 안 된다. 처음엔 수많은 아이디어가 머릿속을 채워 기세 좋게 써나가지만 어느 순간 눈앞이 하얘진다. 어떤 표현을 써야 하는지, 내가 선택한 이 단어가 이 표현에 적절한지 확신이 서지 않는다. 이리저리 헤매다 급기야 머리를 쥐어뜯기에 이르기도 한다. 남자나 글쓰기나 순수함으로 설렜던 기억조차 아득해지는 시간은 반드시 온다. 하지만 그 시간을 견뎌내야만 한다.

남자도 글쓰기도 모두 인생이다. 마치 성장하는 아이처럼 둘 다 쓰라린 경험의 시간을 필요로 한다. 힘든 것은 당연하다. 삶에서 그냥 주어지는 것은 없다. 아무리 열정적인 사랑도 시간이 지나면 식기 마련이고, 성장통을 겪지 않고 어른이 되는 아이도 없다. 둘 다 성인이 된 남녀가 만났지만, 사랑에도 성장통이 있다. 사랑이 위대한 것은 절대 쉽지 않기 때문인 것처럼 글쓰기가 쉽다면 예술이라 불리지 않을 것이다.

글을 쓰면서 힘들기도 하지만 어려운 순간 속에 피어나는 희열이 있다. 불가에서 흙탕물에서 피어난 연꽃을 귀하게 대접하는 것처럼 글쓰기란 습작이라는 흙탕물 속에서 피어나는 연꽃이다. 남자 또한 나를 힘들게 하지만 그 남자와 더불어 피워낸 아이들은 연꽃처럼 귀하지 않은가. 단지 우리에겐 시간과 노력과 인내가 필요할 뿐이다.

게다가 시간이 흐르면 무척 재미있는 일이 벌어진다. 바로 마법에 걸렸던 남자들이 반드시 깨어난다는 사실이다. 남자들이 나이가 들어 남성호르몬이 줄어들면 이제 마법에서 깨어날 시간이 된 것이다. 어쩌면 그때부터가 진짜 마법인지도 모른다.

어느 날 갑자기 사라져버려 나를 힘들게 했던 사랑의 호르몬 도파민, 그런데 남자들이 나이가 들면 또 하나의 호르몬이 사라진다. 바로 남성호르몬 테스토스테론이다. 남성호르몬이 줄어들면 뻣뻣

하던 목뼈에 말랑말랑한 연골이라도 늘어난 양 남편의 머리는 점점 수그러진다. 급기야는 목뼈뿐 아니라 모든 신체기관이 야들야들해진다. 이때쯤 되면 아내가 곰탕만 끓여도 눈치를 보고 아내의 비위를 맞추려고 집안일도 곧잘 한다. 젊었을 땐 좀 일찍 들어오라고 하면 "날 손아귀에 쥐고 흔들려고 하지 마!"라며 버럭 소릴 지르던 남편, '미안하다'는 말은 세상에 없는 단어 취급을 하며 뻣뻣하게 굴던 남편이 이제는 '미안하다'뿐만 아니라 '고맙다'까지 주저 없이 발음한다.

글쓰기도 마찬가지다. 내가 쓴 글인데 처음엔 내가 읽어봐도 딱딱하기가 바윗덩어리보다 더하다. 그거 한 편 읽는 게 바위산을 오르는 것만큼이나 힘겹다. 하지만 쓰다 보면 글솜씨가 늘어 스스로도 놀랄 만큼 야들야들해진다. 다시 읽어도 술술 읽힌다. 내가 읽기에 수월해야 다른 사람이 읽기에도 편한 글이 된다. 그리고 다른 사람에게 편하게 읽히는 글이 잘 쓴 글이다. 분명한 건 글은 쓰면 쓸수록 실력이 는다는 사실이다.

아무리 좋은 남자도 세월이 흐르면서 나를 힘들게 할 때가 있고, 아무리 좋아하는 글쓰기도 나를 지치게 할 때가 있다. 하지만 숙성 기간이 지나면 훨씬 좋아진다. 김치나 치즈처럼 말이다. 그리고 보면 남자도 글쓰기도 시간이 좀 걸릴 뿐이지 나를 끝까지 힘들게 하지는 않았다.

다루기 어려운 남자 때문에 고민이라면 조금만 더 기다려보자. 설렘보다 깊은 사랑과 신뢰가 싹트는 날이 온다. 글쓰기도 자꾸 하다 보면 '아, 이런 상황에선 이런 표현이 더 낫구나' 하고 터득하게 된다. 글쓰기가 깊어지고 넓어지는 날이 반드시 온다.

이쯤에서 반드시 기억해두어야 할 것이 있다. 날마다 자신에게 다음과 같은 두 가지 질문을 던져야 한다는 것이다.

"글을 쓰면서 여전히 가슴이 뛰는가?"

"날마다 글을 쓰는가?"

이 두 가지는 당신이 글을 쓰는 동안 가장 필요한 질문이다.

우리는 '프로페셔널'이라 불리는 사람들의 지극히 아마추어적인 노력과 그 노력을 계속하게 하는 식지 않은 열정을 기억해야 한다. 누구나 존경해 마지않는 위대한 작가들은 타고난 재능으로 그 자리에 선 것이 아니다. 날마다 더 나은 표현, 더 놀라운 글감을 찾기 위해 그야말로 피나는 노력을 기울인 결과다. 당신이 들인 노력과 그들의 노력을 비교해본다면 왜 지금 당신이 글을 쓰는 데 어려움을 겪는지 이유를 알게 될 것이다. 대가일수록 재능을 내세우지 않는다. 오히려 답답할 만큼 규칙적이고 일상적으로 글쓰기 시간을 지킨다. 당연히 당신에게도 하루 중에 글을 쓰는 일정한 시간이 있어야 한다.

여성작가 나탈리 골드버그는《뼛속까지 내려가서 써라》에서 이렇게 말했다.

"글쓰기는 글쓰기를 통해서만 배울 수 있다. 바깥에서는 어떤 배움의 길도 없다."

글쓰기는 오랜 시간 연습하는 과정이 반드시 필요하다는 말이다. 멈추지 말고 계속해서 써야 한다. 글쓰기에 지름길이나 편한 길은 없다. 하나의 문장을 완성하기 위해 몇 번이고 다시 쓰고 고쳐야 한다. 뛰어난 문장가도 벽에 머리를 찧는다고 했다. 당신이나 내가 지금 힘들어하는 것은 당연하다. 그러니 너무 괴로워하지 말자.

그래서 많은 글쓰기 책에 나오는 말 중 공통적인 하나가 글쓰기는 매일 반복해서 연습해야 하는 기술이라는 것이다. 곡예사가 외줄타기를 연습하듯, 마술사가 비둘기 꺼내는 걸 연습하듯 날마다 반복적으로 갈고닦아야 한다는 말이다. 그렇지 않으면 기술을 습득할 수도 없고 실력도 나아지지 않는다.

그렇지만 글을 쓰다 보면 내가 재능이 없는 것 같기도 하고 꼭 남이 다 한 얘기를 하며 뒷북이나 치는 것 같아서 기가 꺾이고 풀이 죽는다. '그냥 이 펜을 꺾어 말어?'라면서 다시는 글을 쓰지 않으리라 다짐한 적도 한두 번이 아닐 것이다. 그럼에도 분명한 건 꾸준히 노력하다 보면 내가 쓴 글에 눈물을 흘리는 날이 반드시 오고야

만다는 사실이다. 세상 모든 일이 그렇다. 공짜는 없다.

남자와 함께 살아가기도 쉽지 않다. 살다 보면 딱 그만두고 싶은 때가 한두 번이 아니다. 이 인간을 그냥 확 떠나버릴까 싶다가도 아이 때문에, 정 때문에 그냥 산다. 하지만 그 속내에는 떠날 수 없는 무엇인가가 있다. 그것을 누구는 운명으로 누구는 용기없음으로 표현하지만, 그것이 무엇이든지 간에 더 나은 관계를 위해 끊임없이 노력하고자 하는 마음은 같을 것이다. 어느 부부에게나 다가오는 어렵고 힘든 시간을 이겨내려는 노력이 반드시 필요하다. 아무런 노력 없이 원래부터 잘 사는 부부는 한 번도 본 적이 없다.

독일의 철학자 에리히 프롬은 자신의 유명한 저서《사랑의 기술》서문에서 이렇게 말했다.

"사랑이란 각 개인의 성숙 정도와는 관계없이 누구나 쉽게 탐닉할 수 있는 그런 감성이 아니다. 자신의 인격을 계발하기 위해 노력하지 않고, 그리하여 그것을 생산적인 방향으로 이루려고 노력하지 않는다면 사랑을 위한 모든 시도는 반드시 신념과 규율이 없는 한 개인적 사랑의 만족은 결코 성취될 수 없다는 점이다."

이 말은 놀랍게도 글쓰기와도 맞아떨어진다. 글쓰기도 개인의 성숙 정도와 밀접한 관계가 있고, 더 나은 글쓰기를 하기 위해 끊임없이 자기계발을 하며 노력하고 견뎌내는 시간이 있어야 한다. 모든 것은 자신에게서 출발하기 때문이다. 어떤 일에서든 좋은 결과가 있기까지는 노력하는 시간이 배로 필요한 법이다. 어떤 분야이든 간에 일을 성취하기 위한 기본 요소는 모두 비슷하다.

결국 작가가 가져야 할 가장 중요한 재능은 다른 무엇도 아닌 글쓰기에 대한 순수한 열정이다. 그 열정만이 당신이 글을 쓰며 느끼는 힘든 시간을 견디게 하고, 글쓰기를 멈추지 않게 하는 유일한 원동력이 된다. 지금 당신에게 필요한 것은 단지 지속하고 싶다는 열정과 노력하고 있는 시간이다. 남자도 글쓰기도, 이것들이 당신의 시간을 필요로 한다면 아낌없이 줘라. 진정한 사랑은 주는 것이다. 바라지 않고 단지 주는 것만으로 행복할 때 당신은 이미 작가다.

진실한 남자처럼 솔직한 글

가슴 따뜻한 남자처럼 감동을 주는 글

강한 남자처럼 힘이 있는 글

치명적인 남자처럼 잡아끄는 글

유머러스한 남자처럼 재미있는 글

철든 남자처럼 깊이 있는 글

멀리 보는 남자처럼 통찰력 있는 글

느낌 있는 남자처럼 끌리는 글

배려하는 남자처럼 섬세한 글

2장

좋은 남자처럼
좋은 글쓰기

01

진실한 남자처럼 솔직한 글

여자가 남자에게 묻는다.

"자기야, 솔직하게 말해야 돼. 나 예뻐? 안 예뻐?"

이때 어떤 남자들은 솔직함과 눈치 없음을 구별하지 못하고 이렇게 대답한다.

"음…, 다른 사람들에겐 아니겠지만 내 눈엔 예뻐."

그냥 예쁘다고 말하면 될 것을 굳이 객관적인 시각을 전제하고, 그 기준에는 못 미치지만 그래도 나에게는 예쁘니 됐다는 식이다. 그 말에 썩 기분이 안 좋은 여자는 당연히 이렇게 따져 묻는다.

"뭐야? 그 말은 내가 예쁘다는 거야, 아니라는 거야?"

그러면 고작 한다는 대답이란 게 이렇다.

"응, 너는 안 못생겼다고."

예쁘다는 단어를 두고 굳이 어법에 맞지도 않게 '안 못생겼다'고 하는 건 또 뭔가. 이건 솔직한 게 아니라 눈치가 마이너스 100단인 거다. 여자라면 평생 한 번은 아니, 수백 번은 물어보는 이런 뻔한 질문에 "그러엄, 자기가 제일 예쁘지" 하고 뻔한 대답을 해주는 남자가 좋다. 객관적이지 않아도 사실과 거리가 있다 해도 여자는 그 순간 행복해진다.

아니, 그러면 앞에 '솔직하게 말해야 돼'를 붙인 건 무슨 심산이냐며 항변하는 남자들이 있을 것이다. 미안하지만 그 순간 여자들이 말하는 '솔직하게'는 '당신이 나를 얼마나 좋아하는지를 얘기해보라'는 뜻이다. 그러고 보니 솔직하다는 것이 무엇일까?

솔직하다는 것은 거짓이나 꾸밈이 없다는 말이다. 하지만 상대방을 대할 때 배려라는 기본적인 거름종이조차 갖고 있지 못한 솔직함은 때로 상대방을 거북하게 하고 기분을 상하게 할 뿐이다. 그건 솔직한 게 아니라 직설적인 것이다. 굳이 '안 못생겼다'고 하는 남자는 솔직하다기보다는 여자에 대한 이해도가 떨어지거나 헤어지고 싶은데 그러지 못해 기회를 노리고 있는 남자일 확률이 높다. 솔직하다는 것은 말을 거르지 않고 있는 그대로 하는 게 아니라 상대에게 거짓이나 숨김이 없이 대하는 태도를 두고 하는 말이다. 그래서 가식적이지 않은 솔직한 남자가 좋다.

여기 또 한 여자가 있다. 얼마 전, 남자가 자기에게 중대한 거짓말을 했다는 사실을 알게 되었다. 여자가 물었다.

"왜 처음부터 말하지 않았어?"

"네가 나를 싫어할까 봐….."

"그럼 내가 평생 모를 줄 알았어?"

"알아서 좋을 게 없잖아."

미안하지만 남자의 대답은 틀렸다. 여자에게보다 자기 자신에게 솔직하기 싫었다는 것이 더 맞을 것이다. 사실 누군가에게 솔직하려면 먼저 자기 자신에게 솔직해야 한다. 자신에게 솔직하지 못하면 누군가에게 어떤 모습으로 보이는가만 중요하게 여긴다. 사실 자신의 모습이 좋고 나쁘고보다 중요한 것은 여자를 대하는 솔직한 태도다. 솔직하지 못하면 진실하지도 못하고 진실하지 못한 남자는 결국 여자에게 상처를 준다.

여자들이 남자로 말미암아 가장 힘들어할 때는 내가 사랑했던 남자가 내가 알고 있는 것과 다르다는 사실을 깨달았을 때다. 모든 인간 관계가 그렇지만, 특히 남녀 관계에서는 신뢰가 가장 중요하다. 사랑을 한다는 것에는 그 사람을 믿는다는 것이 포함된다. 의도하지 않은 것일지라도, 진실하지 못한 남자의 모습은 실망을 주고 믿음을 사라지게 한다. 한번 깨진 신뢰가 회복되기란 쉬운 일이 아니기에 서로에게 돌이킬 수 없는 상처를 남기기도 한다. 하지만 솔직한 남자는 속내를 알 수 없어 불편한 남자와는 달리 여자를 편안하게 해준다.

글쓰기에서도 솔직한 글이 독자를 편안하게 이끌고 담백한 맛이 난다. 군더더기 붙일 이유가 없다. 있는 그대로 느낀 그대로를 써내려가기 때문이다. 자기 생각을 있는 그대로 담백하게 써나가다 보면 일부러 꾸밀 필요가 없어진다. 온갖 미사여구로 때우려고 하는 건 글이 안 풀리기 때문이다. 솔직한 남자처럼 솔직한 글이 좋다.

작가 이만교는 《나를 바꾸는 글쓰기 공작소》에서 글쓰기에 대해 이렇게 말한다.

> "글쓰기란 자신의 느낌을 솔직하게 표현하는 것이다. 어떤 훌륭하고 모범적인 사람이나 번듯한 생각에 대해 표현하는 작업이 아니다. 불완전하면 불완전한 대로 바로 자기 자신의 느낌, 정서, 생각, 상상력 등을 솔직하게 표현하는 작업이다. 자기 자신에 대한 '실질적 정직'이야말로 글쓰기의 '첫 단추'인 것이다."

많은 글쓰기 책이 글쓰기의 시작은 솔직함이라고 시작한다. 하지만 솔직하게 쓴다는 것은 글을 쓰는 데 기본일 뿐이다. 이만교의 말처럼 '첫 단추'인 것이다. 솔직하게 쓰라고 해서 어떤 사실에 대한 자신의 감정을 숙성시키거나 승화하지 않고 사실 그대로를 복사하듯 쓰라는 것이 아니다. 글쓰기란 글을 쓰는 사람의 생각이 드러나야 하는 행위다. 자신의 감정이나 생각이 일련의 정제 과정을 거친 후 나와야 비로소 글쓰기가 된다. 글을 쓰기 전에 사유의 과정을 거쳐야 한다는 말이다.

그래서 글쓰기는 솔직함에서 출발하되 진실에 도착해야 한다. 작가의 경험을 통한 작가의 생각을 작가만의 언어로 진솔하게 드러내야 한다. 그럴 때 허구이면서도 현실보다 오히려 현실처럼 여겨지는 '진실'이 담긴다. 이것이 작가적 진실이다.

당신이 무엇을 보든, 무엇을 경험하든, 그 안에서 무언가를 찾아내지 못했다면 차라리 쓰지 마라. 자신이 절실하게 느껴서 얻은 것이 없는데 어떻게 독자를 설득하거나 감동시킬 수 있겠는가. 작가가 글을 쓸 때 절실하게 느낀 제 생각을 써내려가면 독자들은 그걸 신기하게도 알아챈다. 진심은 사람들의 마음을 움직이게 하고 감동을 주는 중요한 기본 요소다. 진실하지 못한 글이 감동을 주는 일은 없다. 아무리 화려한 미사여구를 꾸며내도 작가의 진실만큼 사람을 움직이는 것은 없다.

요즘 공중파에서 케이블 방송까지 서바이벌 오디션 프로그램이 유행이다. 패션 디자이너에서 탤런트, 가수, 모델, 요리에 이르기까지 분야도 다양하다. 이런 프로그램을 보다 보면 심사위원들의 평가

기준이 비슷함을 느낀다. 우선 재능이 있고, 그 재능을 갈고닦은 결과인 실력이 있어야 한다. 그런데 그 무엇보다 강조하는 것이 진정성이다. 이제는 너무 많이 사용되어 식상함마저 풍기는 단어가 되어버린 '진정성'은 그럼에도 그 중요성만큼은 가볍지 않다. 재능이 아무리 넘쳐도 실력을 쌓지 않았다면 재능은 금세 바닥을 드러내고, 재능과 실력이 있어도 진정성이 부족하면 감동이 전달되지 않는다. 그래서 아무리 잘해도 가짜처럼 느껴진다고 하고, 조금 못해도 진정성이 느껴진다고 평하는 것이다. 그건 눈이 아닌, 보이는 것 너머에 있는 마음으로 보았기 때문이다. 우리가 보이는 모든 것을 생물학적인 눈으로만 본다고 생각하는 것은 사실 엄청난 착각이다.

글을 쓰는 사람의 마음도 글을 통해 다 보이기 마련이다. 마음이란 창문과 같다. 창문을 열지 않으면 창문 밖에 무엇이 있는지 얼마나 멋진 풍경이 있는지 알지 못한다. 조금이라도 창문을 열어놓아야 맑은 공기도 들어오고 손을 내밀 수도 있다. 글을 쓸 때 작가는 마음의 창을 활짝 열어야 한다. 그래야 독자는 마음의 창을 통해 작가가 보여주고 싶어하는 진실을 볼 수 있다. 독자는 작가가 가진 창을 통해 세상을 보는 것이다.

그런데 당신이 그 창을 꼭꼭 닫고 글을 쓴다면 독자는 당신을 통해 아무것도 볼 수 없고 아무것도 얻을 수 없을 것이다. 그 창으로 어떤 풍경이 비치는가는 그다음 문제다. 당신이 보여준 풍경을 보고 사람들이 좋다고 하거나 별로라고 할지도 모르지만, 중요한 것은 누구도 함부로 판단할 수 없다는 사실이다. 누가 뭐라 할지 걱정하지 말고 당신이 보여주고 싶은 풍경이 있다면 마음껏 보여줘라. 당신이 보여준 풍경을 보고 좋아하는 사람이 있을 수도 있고 없을 수도 있다. 하지만 그것은 당신이 통제할 수 있는 영역이 아니다.

그보다는 스스로에게 물어보라.

'나는 왜 지금 이 글을 쓰려 하는가?'

그냥 나 혼자 읽고 말 거라면 일기만으로도 족하다. 그렇지 않고 당신의 글이 사람들에게 보이기를 바란다면 작가 한승원이 《글쓰기 비법 108가지》에서 한 말을 귀담아들어야 한다.

> "글쓰기는 독자에게 질문하기이다. 바로 이것이 우리들 삶의 진실 아닐까요, 하는 질문. 그래서 글 쓰는 자는 진실이 어디에 있는지 항상 주의 깊게 살피고 성찰하는 가슴을 지녀야 한다."

당신은 독자에게 던지고 싶은 질문이 있는가? 그렇다면 그 전에 당신만의 진실을 찾았는가? 글쓰기는 무조건 자신의 이야기를 털어놓는 독백이 아니다. 현실에서 찾은 '당신만의 진실'을 솔직 담백하게 '전달'해야 한다. 이것이 솔직한 글쓰기다. 좋은 글은 좋은 남자처럼 솔직하다. 그리고 진실하다.

가슴 따뜻한 남자처럼 감동을 주는 글

겨울이 생각보다 빨리 시작되려나 보다. 여자는 일을 마치고 거리로 나오자마자 본능적으로 몸을 잔뜩 움츠렸다. 아침 일기예보에서는 갑자기 추워진다는 말은 없었는데 저녁이 되자 기온이 뚝 떨어지고 바람도 매서워 사람들이 종종걸음을 치고 있다. 버스를 기다리며 서 있자니 몸이 덜덜 떨리기까지 한다. 여자는 곧 도착한 버스를 탔고, 따뜻한 버스 안에 있으니 살 것 같다. 내려야 할 정류장 안내가 나오고 있지만 따뜻한 버스에서 내리기가 싫어진다.

그런데 버스에서 내리니 정류장에 남편이 서 있다.

"어머? 전화도 없이 왜 나와 있어? 얼마나 기다린 거야?"

"한 시간쯤?"

남편은 외투를 벗어 덮어주며 말한다.

"추웠지?"

그러면서 작은 핫팩 하나를 건네준다.

이런 남자, 환상적이다.

이럴 때 감동 안 받으면 여자도 아니다. 이런 장면은 모든 여자가 한 번쯤은 꿈꾸는 거지만, 현실에선 남편에게 미리 전화를 걸어 마중을 나와달라고 할 수도 없다. 왜냐하면 남편은 지금 술을 마시느라 집에 있지도 않으니까 말이다.

이러면서 남자들은 명품 가방을 안겨줘야 여자들이 감동한다고 생각한다. 그게 아니라 여자들은 '작은 것에 감동한다'고 강조하면, 작고 반짝이는 보석을 바란다고 생각한다. 여자들이 물질로 보상 받으려고 할 때는 그 남자의 마음에 실망한 뒤라는 사실을 남자들은 모른다. 남자들은 순서가 바뀐 줄도 모르고 마음 하나 못 써서 돈을 쓰게 된다. 사실 감동까진 바라지도 않는데 말이다.

살다 보면 남편과 싸울 때가 있다. 대개는 무엇 때문에 싸웠는지보다 더 중요한 것이 싸운 후다. 냉정하게 등을 돌리며 자거나 다른 방으로 건너가는 남자의 뒷모습을 보는 순간, 여자는 정말 외로워진다. 먼저 손을 내밀어 여자에게 다가올 줄 모르는 남자의 차가운 마음은 여자를 저 먼 극지방으로 보내버린다. 그런데 먼저 다가와 사과하지 않는 남자들이 의외로 많다. 그 사람의 성격 탓일 수도 있지만 먼저 사과하면 지는 것이라는 남자들만의 서열문화에 익숙해져서 그럴 가능성도 많다. 어쨌든 남자들끼리의 관계와 여자와의 관계가 엄연히 다르기에 어떻게 해야 여자에게 감동을 주는 건지 모를 수밖에 없어 보인다. 해답은 단순하다. 여자들은 먼저 다가와 주는 남자의 작은 행동 하나에도 화가 풀릴 수 있다.

내 친한 친구는 외모도 괜찮고, 조건도 너무나 좋은 남자와 결혼했다. 처음에는 정말 좋은 남자라며 그렇게 행복해했다. 하지만 만날 때마다 얼굴이 점점 어두워졌다. 그 친구가 워낙에 자기 이야기를 잘 하지 않는 성격이기도 해서 그냥 지켜볼 수밖에 없었다.

그런데 오랜 시간이 지난 후에 친구가 이런 말을 했다.

"음…, 뭐랄까. 차가운 사람이라기보다 그냥…, 금속 같아."

"금…속?"

친구는 말없이 고개만 끄덕였다. 그날, 그녀의 눈에 어리던 그 짙은 외로움에 마음이 다 짠했다. 결국 친구는 얼마 지나지 않아 이별을 택했다. 그리고 혼자인 지금이 더 좋다고 한다. 최소한 허망한 기대나 외로운 기다림은 하지 않아도 되니 차라리 행복하다고 말이다. 충분히 공감도 가고 이해도 갔지만 왠지 모르게 양희은의 〈사랑, 그 쓸쓸함에 대하여〉란 노래가 떠올랐다.

〈그대가 곁에 있어도 나는 그대가 그립다〉는 류시화의 시를 생각 나게 하는 남자들도 있지만 그래도 사랑은 기본적으로 따뜻한 것 이다. 우리가 편안함을 느끼는 것은 난로처럼 열기가 느껴지는 따 뜻한 환경이다. 여자가 화가 나 있는데도 그대로 두는 남자만큼 여 자의 화를 돋우는 것도 없다. 아마 같이 살기에 가장 힘든 남자가 냉장고형 남자일지도 모른다. 가슴이 차가운 남자는 여자를 골다 공증(骨多孔症)보다 더한 심다공증(心多孔症)에 걸리게 한다. 남자 라면 가슴이 따뜻해야 한다. 가슴이 따뜻해야 하는 건 남자이기 이 전에 사람으로서 당연히 그래야 하는 것 아닌가. 하물며 사랑하는 관계라면 말해 무엇하겠는가.

최근 차인표가 한 방송 프로그램에 출연해서 아동 후원 단체 컴 패션(COMPASSION) 활동에 대하여 여러 가지를 진솔하게 이야기 했다. 그러자 아이들에 대한 그의 따뜻한 마음이 많은 사람을 감동 시켰고, 방송 이후 후원자들이 밀려들었다고 한다.

사실 차인표는 겉으로 보기에 딱 차가운 도시 남자 같은 이미지 의 소유자다. 그런데 차갑기만 할 것 같은 남자가 가슴도 따뜻하다 니 더 멋져 보인다. 그의 멋진 외모는 여자들의 마음을 흔들었고, 그의 따뜻한 마음은 많은 사람의 몸을 움직였다. 그의 따뜻한 마음 을 덮고 있는 근육질 가슴이 더 멋져 보이는 이유다. 남자라면 역 시 가슴이 따뜻한 남자가 최고다.

글도 따뜻한 글이 좋다. 글을 쓰는 사람이라면 세상에 대한 따뜻한 시선이 있어야 한다. 그것이 소설이든 실용적 글이든 간에 가장 기본이 되어야 하는 것은 작가의 인간미다. 따뜻한 가슴이 없는 작가가 풀어놓는 글은 전자제품의 매뉴얼과 다를 게 없다.

물론 매뉴얼처럼 써야 하는 글도 있다. 하지만 대개는 그렇지 않다. 예컨대 최재천 교수의 《인간과 동물》 같은 책은 과학도서이지만 동물에 대한 저자의 따뜻한 시선이 그대로 녹아 있다. 무엇을 말하든 저자의 시선이 어떠한가가 중요하다. 저자가 세상에 얼마나 따뜻한 시선을 두고 사느냐에 따라 글의 온도가 달라진다.

저명한 중국 작가 위화는 우리나라에 《인생》이란 제목으로 출판된 소설의 서문에서 작가의 시선에 대해서 이렇게 말하고 있다.

"작가의 사명은 발설이나 고발 혹은 폭로가 아니다. 작가는 독자에게 고상함을 보여줘야 한다. 여기서 고상함이란 단순한 아름다움이 아니라 일체의 사물을 이해한 뒤에 오는 초연함, 선과 악을 차별하지 않는 마음, 그리고 동정의 눈으로 세상을 대하는 태도다."

위화는 이 소설에서 중국의 격동기에 가혹한 운명을 탓하지 않고 오히려 그 호된 운명과 우정을 나누는 주인공 푸구이 노인의 이야기를 풀어냈다. 이렇게 작가는 글을 쓰기 이전에 세상을 향해 열린 태도를 지녀야 한다.

　사람들이 책을 사서 읽는 이유는 여러 가지겠지만, 크게는 세 가지다. 하나는 지식, 정보를 얻기 위해서이고 두 번째는 재미있어서, 세 번째는 감동을 느끼기 위해서다. 가만히 생각해보면 셋 다 무언가를 얻기 위해서임을 알 수 있다. 그러므로 결국 글쓰기란 사람들에게 무엇이든 전달해주기 위해 하는 작업이다.

　당신은 무엇을 줄 수 있는가? 정보는 자신이 조금만 공부하면 되는 것이지만 감동을 주는 것은 공부로 되지 않는다. 지금 글을 쓰고 있는 나의 가슴이 뜨거워져 있는지 항상 살펴봐야 한다. 그래야 따뜻한 글이 나오고, 그래야 감동을 줄 수 있다. 당신이 쓰고 싶은 글이 소설이나 에세이라면 더 말할 필요도 없다. 사람들은 감동적인 이야기를 좋아한다. 그리고 감동은 무언가를 뛰어넘을 때 온다. 그것이 가혹한 운명이든, 가난이든, 장애든 아니면 자기 자신이든 간에 그것을 이겨내는 순간 우리는 감동을 받는다. 가장 좋은 글은 감동을 전해주는 글이다.

　그렇다면 어떻게 그런 글을 쓸 수 있을까? 오래전 방송작가교육원에서 드라마 작가 과정을 듣던 때의 일이다. 강의를 해주시던 작가 선생님 중 원로작가 최인수 선생님께서 하루는 이런 말씀을 해주셨다.

　"감동적인 드라마를 쓰고 싶은가? 그러면 먼저 자기 안에 있는 미움과 원망과 한을 다 풀어내서 승화시켜라. 그러고 난 다음에 드라마를 써라. 만일 시어머니에 대한 미움을 그대로 두고 쓰면 드라마에 천하에 못된 시어머니를 등장시키게 된다. 그러면 감동을 줄 수 없다. 세상 모든 미움과 한을 뛰어넘어야 감동을 주는 드라마를 쓸 수 있다."

좋은 글을 쓰려면 글을 쓰기 전 모든 것을 비워낸 후, 가슴을 다시 덥혀놓아야 한다. 자신의 슬픔을 타고 넘어본 적이 있는 사람은 다른 사람의 슬픔이나 아픔에 공감할 줄 안다. 그래서 그런 작가가 쓰는 글에서는 사람의 마음을 움직이는 감동이 우러난다. 그가 쓴 한 줄의 글은 세상에서 부대끼고 힘들어하면서 얻은 깨달음이기 때문이다.

글쓰기란 어쩌면 작가의 승화된 내면을 보여주는 것인지도 모른다. 그러니 그 내면이 아름답지 않고서야 어떻게 사람들을 감동시키겠는가. 작가가 되기 이전에 먼저 따뜻한 사람이 되어야 하는 이유다. 우리가 사는 세상엔 항상 좋은 일만 있는 것이 아니잖은가. 아니, 오히려 어려움과 고난에 찬 것이 우리가 사는 인생 아닌가.

그래서 가슴 따뜻한 이야기가 삶이 주는 고단함을 달래주는 것이다. 이런 이야기들이 우리에게 삶은 견딜만하다고 말해주고 위로해준다. 그 남자가 건네준, 주머니 속에서 덥혀놓은 핫팩의 작은 감동이 평생토록 그 남자를 사랑하게 하는 것처럼 작가가 들려준 감동적인 글은 평생 독자의 가슴에 남아 삶을 사랑하게 한다.

소프트뱅크를 창립한 손정의는 이런 말을 했다.

"운명을 바꿀 수 있는 유일한 열쇠는 감동이다."

감동만이 사람을 움직인다.

강한 남자처럼
힘이 있는 글

강한 남자는 멋지다. 강한 남자 하면 떠오르는 단어 '카리스마'는 오랜 역사 속에서 리더의 필수 요소이기도 했다. 21세기에 들어서면서 남자에게도 감성을 요구하게 되었고, 강한 카리스마보다는 부드럽고 따뜻한 카리스마가 주목받는 시대가 되었다. 하지만 그래도 여전히 마초 같은 남자에게서 거부할 수 없는 매력을 느낀다.

마초의 매력이 넘치는 남자는 위험하지만 그래서 더 치명적인 유혹으로 다가오는지도 모르겠다. 같이 살기엔 망설여질지 모르나 이런 남자들이 매력적인 것은 부인할 수 없다.

"이렇게 하면 너를 가질 수 있을 거라 생각했어. 넌 내 여자니까!"

눈을 이글거리며 외치던 모래시계의 태수는 여자들을 무너뜨렸다.

"그건 아마도 전쟁 같은 사랑, 난 위험하니까! 사랑하니까!"

테리우스처럼 긴 머리에 수염을 기른 가수 임재범이 〈너를 위해〉를 부를 때 여자들은 고개를 끄덕였다. 마치 그 노래의 주인공이라도 된 심정으로 말이다.

어쩌면 강한 남자가 주는 매력은 아주 오래전부터 있었는지도 모른다. 원시 자연의 무수한 위험 속에서 여자는 아이들과 자신을 지키기 위해 어찌 됐든 강한 남자의 힘이 필요했다. 그 사회적 유전인자가 아직 남아 있는 것인지도 모른다. 강산이 수만, 수십만 번은 변했고 사회도 완전히 바뀌어 이제 더는 남자의 힘이 중요치 않음에도 강한 남성의 카리스마는 여전히 여자들의 가슴을 두근거리게 한다.

남편이 가장 멋있어 보일 때는 아내가 쩔쩔맸던 쨈통 뚜껑을 쉽게 딸 때라는 우스갯소리도 있다. 평소엔 그저 바람 빠진 풍선 같아 보이던 남편도 그 순간만큼은 '아, 남자구나' 생각이 든다는 얘기다. 남자의 강함이 여자에게는 매력으로 다가온다는 사실을 말해준다. 남자의 강함은 여자에게 성적 매력을 느끼게도 하지만 보호받을 수 있을 것 같다는 안정감도 준다. 그래서 남자들의 근육덩

어리는 여전히 여자들에게 매력덩어리로 여겨진다.

요즘엔 강하기만 한 남자에게 질렸다는 여자도 많고, 의사소통을 잘하려면 강함보다는 부드러움이 더 필요하다고 강조되긴 한다. 그렇지만 아직도 많은 여자가 강한 남자에게 끌리는 이중적인 잣대를 갖고 있다. 여전히 여자는 남자 팔뚝에 불끈 솟은 힘줄에 반하고, TV에 나오는 남자 아이돌 중 식스팩 선명한 짐승돌에게 더 열광한다.

직장에서는 시도 때도 없이 남자다움을 내세우는 남자직원 때문에 피곤해하지만 가정으로 돌아와 힘없이 늘어져 있는 남편을 보면 한숨부터 나오는 게 여자다. 20킬로그램짜리 쌀 포대 하나를 못 들거나 병뚜껑 하나 제대로 못 따는 남편은 여자에겐 남자가 아니라 그냥 사람이다.

사실 남자는 강해야 한다는 관념은 아주 오래전부터 대물림하여 학습된 사회적 유전이다. 그래서 남자들은 사회적으로 길러진다고 한다. 남자들은 집단에서 자신의 강함을 보여주기 위해 끊임없이 경쟁하고 서열을 만들어낸다. 이런 경쟁구도에서 살아남기 위해 남자들은 어떤 상황에서든 요점을 찾고 주장을 내세우는 데 익숙하다. 문제점을 찾아 해결방안을 제시하며 자기 생각을 강하게 주장하고 이끄는 남자가 남자들 세계에서 리더가 되기 때문이다.

그러다 보니 남자들은 자신의 주장을 더 논리적으로 이끌고자 합리적이고 객관적인 판단을 우선시하게 되었다. 그들의 세계에서 좀 더 우위를 차지하기 위해서다. 그래서 남자들은 여자가 단지 들어주길 바라며 하는 하소연을 그냥 들어주기만 하지 못한다. 어떻게든 충고하고 객관적 해결책을 제시하려 든다. 남자들의 성향이 이러하다는 것은 이제 남자 자신들도 알고 여자들도 안다.

하지만 단지 아는 것일 뿐 현실에서 크게 달라진 것은 없어 보인다. 여전히 여자는 공감을 얻고 싶어하고, 남자는 "그럴 땐 말이야…" 하면서 해결책을 알려주기 바쁘니 말이다. 어쨌든 남자의 조직적이고 체계를 세우는 능력은 이미 오래전부터 사회적으로 유전되었다는 사실만은 분명하다.

아무튼 주장이 뚜렷한 남자는 강하고 한 무리의 리더가 된다. 그리고 여자를 리드한다. 여자들은 가끔 남자에게 리드당하고 싶어할 때가 있다. 그것이 여자의 이중성이지만 사실은 사실이다. 강한 리더에게 여자들이 끌리는 것은 그래서 당연해 보이기도 한다.

이렇게 강한 남자처럼 힘이 느껴지는 글은 독자를 사로잡는다. 글쓰기도 힘이 있어야 한다.

힘이 넘치는 글은 어떤 글일까?

흔히 강한 문체로 일관성 있게 주장을 이끌고 가는 글을 힘이 있다고 한다. 맞는 말이다. 그 증거로 정치인들의 연설문을 보라. 지금도 회자되는 존 F. 케네디의 연설문이나 링컨의 연설문은 힘이 넘친다. 주장이 뚜렷하고 일관성이 있어서 호소력이 높다.

하지만 힘이 넘치게 하겠다고 무조건 강한 표현이나 비속어를 넘나들어서는 안 된다. 가끔 강하다는 것을 잘못 이해하여 목소리를 크게 하거나 거친 말만 골라 쓰는 남자들이 있는데 그건 강한 게 아니라 그냥 무식한 거다. 글쓰기에 힘이 넘친다는 것은 바로 일관된 주장이 주제와 맞물려서 논리적으로 이어지는 것을 가리킨다. 그래야 독자의 가슴으로 파고들 수 있다.

하지만 단지 강한 주장을 주제를 벗어나지 않는 일관성으로 이끈다고 해서 강한 글이 되지는 않는다. 예를 들어 조정래의 《태백산맥》은 마치 든든한 아버지와 함께 있는 것처럼 서사적 구조가 주는 무게가 있다. 그리고 박경리의 《토지》는 문학적 구조와 더불어 작품 안에서 살아 숨 쉬는 어머니와 같은 대지가 느껴진다.

진짜 강한 힘이 느껴지는 글은 바로 글을 쓰는 작가의 강한 정신세계가 살아 있는 글이다. 이 두 작품에서는 시대를 관통하는 결코 흔들리지 않는 작가정신이 고스란히 묻어난다. 강하다는 것은 바로 이런 것이다. 육체가 강해 봐야 장작 패기만 잘할 뿐이다. 힘쓸 일이 없어지면 바로 '머슴'으로 전락하는 것이 기운만 센 남자다. 진정한 리더는 육체뿐 아니라 정신이 강해야 한다. 육체가 아닌 정신이 강한 작가를 우리는 '대가'라 부른다.

힘이 있는 글에는 작가의 정신이 번뜩이며 살아 있다. 이것은 문체에서 나오는 것도 아니고, 주장이 강해서도 아니다. 보이지 않는 작가의 정신이 글에 깃들어 있어야 한다. 그것은 방대한 지식과 경험을 녹여낸 연륜이며 그것을 승화시킨 정신력이다.

조정래의 《황홀한 글 감옥》은 경어체로 되어 있다. 독자의 질문에 저자가 답하는 형식이어서 이런 문체를 쓰기도 했을 것이다. 경어체는 겸손하고 담담한 문체다. 그런데도 글을 쓴 사람의 거대한 작가정신이 담겨 있기에 힘이 느껴진다. 글 안에는 저자의 역사의식, 작가의식이 시퍼렇게 살아 있다. 바로 이것이 힘있는 글의 원천이다.

강한 문체를 사용한다거나 역동적인 구성을 한다거나 또는 주목받는 역사적 소재를 끌어온다 해서 힘있는 글이 되지는 않는다. 무엇보다 작가의 신념이, 자기 주장에 대한 확고한 의지가 있어야 한다. 케네디나 링컨의 연설이 강한 힘으로 사람들을 설득할 수 있었던 이유를 생각하면 알 수 있다. 그것은 케네디의 잘생긴 얼굴도 아니고 링컨의 멋진 수염도 아닌 바로 신념과 믿음이 뒷받침되었기 때문이다. 강한 리더십을 발휘했던 남자들은 대부분 자신이나 자신의 신념이 바위처럼 단단한 사람들이었다.

그런 의미에서 랄프 키스는 정말 중요한 이야기를 했다.

"책을 많이 읽고 글을 많이 쓸수록, 좋은 글이란 화려한 기교보다 내면의 신념과 관련 있다는 사실을 깨닫게 된다. 내 안에 세상에 들려줘야 할 뭔가가 있다는 확신은 문학적 스킬보다 더 중요하다. 독자의 관심을 붙잡는 작가들은, 독자의 옷깃을 꼭 부여잡고 '당신에게 꼭 할 말이 있습니다'라고 말하는 작가들이다."

　사실 당신에게 필요한 것은 어떻게 쓸 것인가보다 무엇을 쓸 것인가다. 그리고 그것보다 더 중요한 것은 하고 싶은 이야기가 목구멍 끝까지 차올라 있느냐는 것이다. 내가 당장 토해내지 않으면 살 수 없을 것 같은 이야기가 있느냐 없느냐의 차이가 강한 신념을 가진 작가가 되느냐 마느냐를 결정한다. 해야만 하는 이야기가 있다는 것은 글을 써야만 하는 이유가 되기도 하니까 말이다. 그런 절실함이 당신의 글에 힘을 부여한다. 이렇게 자신의 글에 대한 믿음과 신념이 서사적 구조라는 큰 판을 만나면 아주 굉장한 힘을 얻는다.

　얼마 전 한국 작가로는 처음으로 맨아시아 문학상을 받은 신경숙의《엄마를 부탁해》에서도 대단한 힘을 느낄 수 있다. 무라카미 하루키를 제치고 세계에서 인정받은《엄마를 부탁해》의 힘은 무엇일까. 바로 작가가 굳게 믿고 있는 엄마의 사랑이다. 작가 신경숙은 아마 자신의 어머니를 보고 자라면서 이미 뼛속 깊이 엄마라는 존재의 위대함과 소중함을 새겼을 터이다. 그런 작가의 믿음이 녹아들었기에 아시아를 넘어 세계를 뒤흔드는 힘을 발휘한 것이다.

　힘이 있는 글이란 바로 이런 것이다. 큰소리를 치고 밥상을 들었다 났다 했던 아버지보다 오랜 세월을 견디기만 한 우리네 어머니가 때론 더 강해 보이지 않는가. 형식이 아닌 작가의 신념으로 써라.

힘이 있는 글은 독자를 붙잡는다. 자신이 정말로 하고 싶은 이야기를 거침없이 끌고 나가라. 절대 흔들리지 마라. 당신의 신념이 알알이 들어찬 강한 글이 주는 매력에 독자는 사로잡힐 것이다. 강한 남자가 여자를 놓아주지 않듯이 힘이 있는 글은 독자를 놓아주지 않는 법이다.

04

치명적인 남자처럼
잡아끄는 글

보는 순간 숨이 턱 막히는 남자가 있다. 뭐라 표현할 수 없는 매력을 넘어 마력을 가진 남자, 거부하기 싫은 남자가 누구에게나 있는 법이다. 하지만 너무나 매력적이어서 그 앞에만 서면 심장이 정상이 아닌 속도로 두방망이질친다. 이런 남자와 사귀다가는 심장병에 걸려 죽을지도 모른다는 두려움마저 들게 한다. 그래서 옴므파탈(Homme fatal)을 치명적인 남자(deadly man)라고 하나 보다.

사실 냉수 먹고 속 차린 다음에 보면 치명적인 남자란 가까이하면 안 되는 남자다. 서서히 여자를 죽음으로 몰아간다는 뜻 아닌

가. 그러니 현실에서는 이런 남자와 사느니 차라리 혼자 사는 게 장수에 도움이 될지도 모르겠다. 이런 남자를 감당하려면 대단한 희생정신이 필요하고, 모든 것을 초월하다 못해 해탈의 경지에 이르러야 할 텐데 어디 그게 쉬운가. 여자가 성녀가 되든지 아니면 악녀가 되든지 해야 할 것이다. 여자의 마음을 힘들게 하기에 최적의 남자가 바로 마력의 소유자, 옴므파탈이다.

그렇다고 술에 술 탄 듯 물에 물 탄 듯 도무지 매력이 느껴지지 않는 남자도 곁에 두고 싶지 않다. 이런 남자도 힘들긴 마찬가지다. 아무리 눈을 씻고 봐도, 돋보기를 들이대고 봐도 찾아보기 힘든 그 남자의 매력 찾다가 날 샌다. 차라리 짧게 살더라도 치명적인 남자와 불같은 열정을 불태우고 싶은 것이 여자의 속마음이기도 하다. 후줄근한 추리닝 바지에 목 늘어난 누런 메리야스 차림인 내 남편보다 이글거리는 눈빛으로 심장을 관통시키는 듯한 남자에게 치명타를 입고 싶은 걸 어쩌겠는가. 그래서 예전에 박진영이 〈엘리베이터〉란 노래를 내놓았을 때 많은 여자들이 엘리베이터에서 밀어붙이는 남자를 상상하곤 했다나 뭐라나. 아무튼 매력 없는 남자보단 차라리 심장이 요란하게 울려대는 남자 곁에 머무르고 싶다. 위험할 수는 있지만 적어도 심심하진 않을 테니 말이다. 그래서 여자는 우연히 스쳐 지나가는 멋진 남자의 우뚝 솟은 콧날에 흔들린다.

글쓰기도 마찬가지다. 임팩트 없는 밍밍한 글처럼 읽기 싫은 것이 있을까. 아무 매력 없는 남자처럼 그저 원론적인 이야기만 쏟아내는, 신선하지도 않고 매력도 없는 글은 읽고 싶지 않다. 그럼 글에서 매력이란 무얼까? 작가만의 톡톡 튀는 문장일 수도 있고 글을 이끌어가는 남다른 견해일 수도 있다. 그도 아니면 적절한 사례와 함께 재미있게 이어가는 문장력 일 수도 있다. 어떤 규칙이 있어서 '이렇게 쓰면 매력적입니다'라고 정확하게 집어내 말할 수는 없다. '매력적인 남자란 이런 남자다' 하고 정할 수 없는 것처럼 말이다.

잘생긴 외모가 아니어도, 몸짱이 아니어도 매력적일 수 있다. 매력이란 일정한 형식에서 나오는 것이 아니기 때문이다. 마찬가지로 글의 매력 역시 문장 구조를 잘생기게 짜서도, 맞춤법을 잘 따라 써서도 아니다. 그냥 전체적인 글에서 느껴지는 어떤 분위기다.

글의 분위기를 좌우하는 것 중 하나로 문체를 들 수 있다. 문체는 작가의 타고난 재능이나 개성이 만들어낸다. 하지만 아무리 작가의 재능이 뛰어나고 개성 있다고 해도 문체란 한순간에 탄생되지 않는다. 그 재능과 개성을 돋보이게 하려면, 작가만의 색깔이 문체에 묻어나게 하려면 여러 가지가 충족되어야 한다. 그중에서 가장 큰 요소는 연습량이다. 이 점은 대부분의 작가가 강조하는 바다. 습작하는 과정에서 자신만의 독특한 문체가 생겨나고 다듬어진다. 그래서 모두들 글은 써야 는다고 얘기하는 것이다.

또 글의 분위기는 남다른 견해나 주제, 독특한 소재의 영향을 받는다. 여기서 주목할 것은 '남다름'과 '독특함'이다. 낯설고 충격적이기도 한 시도는 사람들의 이목을 끌기 마련이다. 아무 특징 없는 글보단 낯설고 특이한 것이 낫다. 독자는 식상한 것보다는 새롭고 신선한 것에 끌린다는 점을 기억해야 한다.

내가 전에 알고 지내던 그 남자는 절대 잘생긴 남자가 아니었다. 그렇다고 말을 잘하는 사람도 아니었다. 하지만 그의 눈빛은 특별했다. 그가 바라보고 있으면 내 안에 바다가 생기는 것 같았다. 그가 말하는 모습도, 책을 읽는 모습도 숨이 턱 막히게 했다. 그에겐 거부할 수 없는 매력이 있었다. 헌데 문제는 여자들의 보는 눈은 다 똑같다는 거였다. 이 매력적인 남자 곁에는 나만 있는 것이 아니었다. 여러 여자가 그를 눈독 들이고 있다는 사실은 너무도 버거운 일이었다. 결국 끌리던 마음을 접고 말았다.

매력적인 남자 주변에 여자가 모이듯 매력적인 글도 많은 독자를 끈다. 내 남자 곁에 여자들이 들끓으면 덩달아 내 속도 들끓겠지만, 당신의 글에 사람들이 모이면 당신의 마음은 날아오를 것이다. 옴므파탈 같은 치명적인 매력이 넘쳐날수록 독자의 시선은 당신의 글에서 벗어나지 못할 것이다.

상상해보라, 멋진 일 아닌가? 나의 글로 독자를 사로잡을 수 있다면 말이다. 그것이 문체든 독특한 소재든, 여하튼 무엇이든지 간에 독자의 관심을 끄는 매력이 있어야 한다는 얘기다. 많은 글쓰기 책에서 말하는 것도 바로 이것이다. 독자를 사로잡아라.

《네 멋대로 써라》에 나오는 작가 폴 오닐은 그래서 이렇게 말했다.

"첫 문단에서 독자의 목을 움켜잡아라. 둘째 문단에서는 그의 숨통까지 엄지손가락으로 꾹 눌러라. 그리고 마지막 한 마디까지 그를 벽에다 눌러놓아라."

이 사람은 무명 작가지만 이처럼 강한 말을 남겨서 책에 인용되었다. 그야말로 치명적인 남자와 통하는 글쓰기에 대한 표현이 아닐 수 없다. 책을 읽다 정말 푹 빠져서 화장실에도 들고 갔던 책이 한 권쯤은 있을 것이다. 그게 바로 폴 오닐의 말처럼 독자의 목을 콱 움켜잡은 책이다.

서스펜스의 대가 스티븐 킹은 독자를 사로잡는 매력적인 글을 쓰기로 유명하다. 지금은 고인이 되었지만 한때 추리소설계의 거장이었던 시드니 셸던 또한 마찬가지다. 이 두 작가는 특별한 소재와 감각적인 문체, 긴장감 넘치는 스토리 전개로 독자를 사로잡았다. 감각적인 사랑소설로 유명한 프랑스 작가 기욤 무소나 《카스테라》의 박민규도 남다른 세계를 보여주는 독특한 소설을 쓴다. 대부분 매력적인 글은 사람들이 감추어놓은 욕망을 드러내기도 하고, 아름답고 완벽한 사랑을 보여주기도 한다. 현실에선 이루어지지 않는 이야기를 글 안에서는 경험할 수 있다. 그러니 사람들이 차마 말하지 못하는 것이나 꿈꾸는 것들을 꺼내라. 당신이 쓴 글의 매력에 모두 사로잡히게 말이다.

하지만 매력적인 글을 쓰기 위해서는 당신이 먼저 다른 글에 매혹된 경험이 있어야 한다. 작가에게 글쓰기란 옴프파탈과 같아서 글에 홀린 듯 사로잡혀 있어야 한다. 누군가의 글에 미치듯 홀려본 사람만이 다른 사람을 유혹하는 글을 쓸 수 있다. 밤을 꼴딱 새워 책을 읽은 적이 있는지, 무릎을 치게 하는 절묘한 표현에 놀라 그 구절을 외우거나 정신없이 베낀 경험이 있는지, 눈물 콧물 쏙 빼며 읽은 책이 있는지 생각해보라.

책을 읽다 너무나 좋아서 한동안 눈을 들어 하늘을 바라본 적은 혹시 없는가? 만약 그런 경험이 있다면 그 매력적인 글의 향기를 아직 기억할 것이다. 그 향기는 당신의 의식 어딘가에서 기다리고 있다가, 당신이 글을 쓸 때 슬며시 떠올라 글에 매력을 더하게 될 것이다. 단 그것을 찾아내려면 수많은 밤을 지새워야 하지만 말이다. 그렇다고 너무 어려울 거라 지레 겁먹지 말자. 매력적인 그 남자, 생각 안 하려고 해도 밤마다 떠오르는 것처럼 글쓰기의 매력에 사로잡혔다면 저절로 떠오를 테니까.

정보가 가득한 전문서적은 매력적이지 못할 것이라고 흔히들 생각하는데 절대 그렇지 않다. 아주 기발하거나 새로운 발상이 가득한 책은 지적이고 전문적이라 해도 매력적일 수 있다. 나에게 치명적인 남자가 다른 여자들이 치명적이라고 생각하는 남자와 다를 수 있듯이 말이다. 다른 사람들이 아무리 멋있다고 하더라도 나에게는 별로이고 다른 사람들이 별로라고 해도 나에겐 치명적인 남자가 있는 법이다. 과학에 관심 있는 독자라면 빌 브라이슨의《거의 모든 것의 역사》같은 책을 무척 매력적이라고 생각할 것이다. 여행을 좋아한다면 여행과 관련된 책에 푹 빠지게 된다. 독자를 빨아들이는 옴므파탈 같은 글은 모든 분야에서 가능하다는 얘기다. 분야마다 마니아층이 형성되어 있는 것을 보면 알 수 있잖은가.

이렇게 마니아를 몰고 다니는 작가들은 모두 독특한 세계관으로 사람들에게 새로운 이야기를 들려준다는 공통점이 있다. 보통 사람들이 알 수 없거나 관심이 없는 부분에서 그들은 자신만의 '독특한 시각'으로 새로운 것을 발견하고 그것을 사람들에게 들려준다. 그들은 색다른 것에 늘 의문을 품고 질문을 던진다. 그들이 본래부터 독특해서인지 남다른 것에 관심을 두다 보니 독창적으로 발전했는지는 알 수 없지만, 이들이 던지는 질문에 사람들이 귀를 기울인다는 점은 분명하다. 그러니 당신도 과감하게 색다른 질문을 던져도 좋고, 반론을 제기해도 좋다. 독자의 눈이 커질수록 당신의 글이 먹힌다는 증거다.

05

유머러스한 남자처럼
재미있는 글

● 결혼한 지 십 년쯤 된 부부가 있었다. 아내가 생각해보니 부부가 같이 좋은 시간을 가진 적이 언제인가 싶었다. 그래서 어느 날, 남편에게 은근한 눈빛을 보내며 오랜만에 스킨십을 시도했다. 그러자 남편이 조용히 아내의 손길을 뿌리치며 말했다.

"가족끼리 이러는 거 아냐."

결혼한 지 십 년이 넘으면 부부 사이는 남녀 관계라기보다는 가족이 된다 하여 나온 유머다. 평소 잘 웃지 않는 나의 남편조차 이 유머에는 박장대소를 했다.

이런 걸 보면 우리 삶에 유머는 반드시 필요하다. 우선 재미있고, 그래서 평범한 일상에 활력을 더해준다. 모든 일에 진지해서 도통 웃을 줄 모르는 박제 같은 남자는 정말 매력 없다. 힘든 인생이지만 웃을 거리를 찾고 동시에 여유까지 찾을 수 있는 남자가 좋다. 마치 조각상처럼 움직이지 않는 얼굴 근육을 가진 남자를 대하면 보는 것만으로도 숨이 막힌다. 과도한 보톡스 주사로 부작용이 나타나는 것 같은 굳은 표정은 "나는 사는 게 하나도 재밌지가 않아!"라고 말하는 듯하다. 이런 비극적인 얼굴보다는 나를 웃게 해주고 같이 즐거워할 줄 아는 주름 가득한 얼굴의 유머 있는 남자가 좋다.

글쓰기에도 유머가 있어야 한다. 그래야 사람들이 재미있게 읽는다. 사람들이 글을 읽는 큰 이유 중 하나는 재미있기 때문이다. 학술서나 논문이라면 모를까 재미도 없는 글은 절대 찾아 읽지 않는다.

그래서 디오게네스는 이렇게 말했다.

"도덕을 설교하면 사람들이 모여들지 않는다. 휘파람을 불며 몸을 흔들고 춤을 추면 사람들이 모여든다."

누구나 즐겁고 유쾌한 사람 곁에 모여들기 마련이다. 글도 독재자처럼 딱딱한 글보다는 개그맨처럼 재미있는 글에 사람들이 모여든다. 그렇다고 글에 반드시 우스운 얘기나 표현이 있어야 재미있어지는 것은 아니다. 무거운 주제도 재미있게 쓸 수 있다. 주제는 무겁지만 문체를 가볍게 한다든가, 대화체를 넣는다든가 하여 재미를 줄 수 있다.

글쓰기에 유머를 부여하는 것은 독자에게 휴식을 주는 것과 같다. 중간중간 입가에 웃음을 띠게 하는 글에는 시간 가는 줄 모르고 빠져든다. 글을 쓰는 작가가 힘든 것은 당연하지만, 글을 읽는 것도 쉬운 일이 아니다. 집중해야 하기 때문이다. 그렇게 힘든 일을 하는 독자에게 쉴 틈을 주는 것이 바로 유머다.

그래서 나도 남자와 관련된 아주 재밌는 이야기 하나를 준비했다.

신이 태초에 남자를 만들고 나서 말했다.

"내가 너에게 세상을 지배할 수 있는 두 가지를 주겠노라."

남자가 물었다.

"정말입니까? 그것이 무엇입니까?"

신이 말했다.

"첫 번째는 세상을 다스릴 수 있도록 지적인 능력을 담당하는 머리를 주겠다."

남자가 대답했다.

"오! 신이시여, 감사합니다."

그러자 신이 또 말했다.

"이번엔 너의 자손을 퍼트릴 수 있도록 생식능력을 담당하는 성기를 주겠다."

남자가 대답했다.

"오! 신이시여, 더 감사합니다."

그러자 신은 말했다.

"하지만 불행한 소식이 있다. 너는 이 두 가지를 모두 가질 수는 있지만 동시에 사용할 수는 없느니라."

"오 마이 갓!"

이런 유머에도 웃지 않는 남자와는 만날 필요가 없다. 머리가 나빠서 이해를 못 했거나 웃을 수 없을 만큼 마음이 병들었거나 둘 중 하나일 가능성이 높기 때문이다.

아마 신이 있다면 신이 우리에게 준 최고의 선물이 유머일 것이다. 유머가 없었다면 우리는 삶의 무게에 눌려 개미처럼 고단한 삶을 살 수밖에 없었을 터이다. 유머가 사람들에게 주는 긍정적인 효과를 부정할 사람은 없을 것이다. 웃을 때마다 심장이 튼튼해지고, 엔도르핀과 도파민이 생성되어 기분이 좋아진다고 한다. 실제로 질병을 예방하거나 치료하는 데에도 쓰이고 있으니 유머는 결코 가벼운 웃음거리가 아니다.

나는 코미디언이나 개그맨은 정말 훌륭한 사람들이라고 생각한다. 코미디 프로그램도 자주 본다. 그들이 주는 웃음에 삶의 짐을 잠시라도 털어낼 수 있고, 다시 하늘을 올려다볼 여유도 찾을 수 있다. 게다가 나도 모르는 새 심장도 운동을 하게 되지 않는가.

당신의 글에도 웃을 수 있는 여백이 있기를 바란다. 사람들이 글을 읽는 목적은 여러 가지가 있다. 그중 하나가 재미있게 읽으면서 위로를 받고자 하는 것이다. 우리는 오직 교훈만을 얻으려고 책을 읽지는 않는다.

스티븐 테일러 골즈베리는 "재미야말로 모든 글쓰기의 핵심"이라고 했다.

사람들에게 지식이나 정보를, 더 나아가 탁월한 통찰력으로 이뤄낸 철학을 전해주는 것도 중요하긴 하다. 그렇지만 재미 요소가 빠져서는 안 된다. 많은 사람이 연애소설이나 추리소설을 읽는데, 읽다 보면 기분이 좋아지고 즐거워지기 때문이다. 사람들이 드라마를 좋아하는 이유도 매한가지다. 사람들은 재미를 추구한다. 그렇다고 어려운 책을 안 읽는 것은 아니지만 아무리 좋은 내용이라도 일단 재미가 없으면 제쳐놓는 사람이 많다. 이들에게 중요한 것은 무슨 내용인가보다 얼마나 재미있는가이다. 그러니 정보는 정보대로 제대로 전달해주고, 동시에 재미도 주어야 한다. 그래야 독자가 끝까지 읽는다. 어디 출장 갈 때 짐가방에도 꼭 챙겨 넣는다.

짧으면 짧을수록 좋은 것이 교장 선생님의 훈시다. 이유는 단 하나, 재미가 없어서다. 그러니 듣는 사람은 몇 안 되고 전달력도 떨어지는 것이다. 이렇게 교훈적인 내용일수록 제대로 전달하는 데 유머만큼 효과적인 것도 없다. 아마 교장 선생님이 개그맨처럼 재미있다면 더 효과적인 교육이 이뤄질 것이다.

알랭 드 보통은 《불안》에서 유머에 대해 이렇게 말했다.

> "유머는 불만을 제기하는 데 특별히 효과적인 방법이다. 겉으로는 즐거움만 주는 것처럼 보이면서도 은근히 교훈을 전달하기 때문이다."

유머는 단지 재미만을 주기 위한 것은 아니라는 말이다. 코미디에서 정치적인 이슈를 소재로 삼아 은근히 비판해온 것도 오래된 일이다. 우리나라는 특히 오래전부터 이런 놀이판이 많았다. 탈을 쓰고 해학과 익살로 양반의 부조리와 부도덕을 고발하고 서민들에게 즐거움과 교훈을 심어주었다. 그러니 얼마나 효과적으로 전달되었겠는가. 당연히 오래도록 이어지는 전통문화가 될 수밖에 없었으리라.

어린 시절, 만화방에서 죽치고 살던 때가 있었다. 부모님은 식당일로 바쁘셨고 가족 누구도 막내인 내가 어디 가서 뭘 하는지 신경쓰지 않았다. 그저 재미있어서 낄낄거리며 읽던 만화는 다른 책을 읽는 데 징검다리가 되었고, 저절로 책을 좋아하게 이끌었다. 무슨일이든지 시작에는 재미가 있어야 한다. 재미란 단지 글에 넣어야 하는 양념 정도가 아니다. 이것은 사람의 행동을 불러일으키는 커다란 동기가 되기도 한다.

지금 우리가 사는 시대는 냉전의 시대도 이데올로기의 시대도 아니다. 세상은 점점 복잡해졌고 동시에 사람들의 마음도 복잡해졌다. 우리는 그동안 너무 많은 진지한 이야기들을 접했다. 그래서 이제 더는 그런 이야기에 설득당하려 하지 않는다. 한마디로 가벼운 글, 가벼운 문체를 선호하는 세상이다. 무거운 주제를 가볍게 전하는 글이 더 환영받고 있다. 이제 무겁게 훈시하지 않아도 사람들은 잘 알아듣는다. 얼마든지 재미있게 쓸 수 있는데 굳이 딱딱한 논문이나 학교 조회시간 훈시처럼 진지함만을 고집할 필요가 없다.

게다가 당신이 아무리 진지한 사람이라 해도 요즘은 간단히 유머를 얻을 수 있다. 소셜 미디어의 세상에서 떠돌아다니는 유머만 주워담아도 한 바구니 꽉 찰 것이다. 정말 쉬워졌다. 이 정도의 노력만으로도 당신의 글에 재미를 부여할 수 있으니, 힘만 잔뜩 들어간 글을 써놓고 변명할 생각일랑 마라.

당신의 글에 재미를 곁들여라. 유머 있는 남자와는 시간 가는 줄 모르듯이, 재미있는 글은 밤새워 읽는다. 사람들이 모여들도록 판을 벌이고 마음껏 웃음을 주어라. 그러면서 당신의 이야기를 꺼내라. 이제 인상을 팍 쓰고 얘기하면 다들 꼰대라고 비웃으며 외면하는 세상이다. 사람들이 웃으면서 고개를 끄덕이게 해야 한다.

하루는 저녁을 먹는데 두 아들 녀석이 이런 대화를 나누는 것이다. 큰애가 제 동생에게 속삭였다.

"야, 내가 지금 엄마한테 성적표를 보여드리면 어떻게 될까?"

"그러지 않는 게 좋을 거야. 아까 내 성적표 먼저 보여드렸거든."

순간, 식탁에는 정적이 흘렀다. 그러나 다음 순간 모두 뒤집어지고 말았다.

"고~뤠에~? 그지~, 그렇겠지. 한 대 맞겠지?"

06 철든 남자처럼 같이 있는 글

● 여자는 바쁘다. 지금 막 저녁을 먹은 설거지를 하고 있고, 세탁기는 빨래가 다 되었다고 아까부터 신호음을 보내고 있다. 설거지를 하며 흘끗 보니 남편은 거실에서 두 아들과 함께 텔레비전을 보고 있다. 주방에서 베란다로 분주하게 오가던 여자의 눈에 남편의 덩치가 오늘따라 참 커 보인다. 여자가 세탁기에서 빨래를 꺼내 나오는데 아들이 달려든다.

"엄마! 아빠가 내 과자 뺏어 먹어요!"

그때, 거실에서 들려오는 남편의 우렁찬 한마디.

"야! 내가 사온 과자거든!"

여자는 이 순간 할 말을 잊는다. 어쩜 남편인지 막내아들인지 헷갈릴 정도다. 딸이 없고 아들만 둘이어서 그런가. 남편은 아들들하고 먹을 거나 TV 채널 같은 사소한 일로 늘 투닥거린다.

보다 못한 여자가 한소리 한다.

"애들하고 싸우지 좀 마."

그러면 남편은 빙글거리며 말한다.

"이게 다 남자들만의 애정표현이야. 아들들하고 노는 건데, 왜 질투 나냐?"

질투라고? 그건 딸이 아빠랑 친할 때 느끼는 거 아닌가? 아무튼 남편이 저렇게 과자로 아이들과 싸울 때는 잘 봐줘야 큰아들쯤으로 보인다.

저녁 식탁에서 맛있는 반찬을 두고 아들과 승강이를 벌이거나 아내가 부탁한 일을 아들과 서로 미룰 때의 남편은 영락없이 철없는 막내아들이다. 진짜 아이들과 놀아주려고 저러는 건가 싶다가도 기어이 애들을 울리는 거 보면 꼭 그렇지도 않아 보인다. 아무튼 아들만 둘이면 남편까지 아들 셋 키우는 거라더니 그 말이 맞지 싶다.

하지만 저러다가도 친정식구들을 챙길 때 보면 다 철든 큰오빠 같다. 처형이나 처제에게 대하는 거나 장모님한테 아내 몰래 용돈을 보내드린다거나 할 때 말이다. 큰오빠가 일찍 철이 드는 이유는 자신만이 아니라 가족 모두를 살피며 생각해야 하는 장남으로서의 책임감 때문일 것이다. 그러므로 다른 사람의 처지에서 생각하는 훈련을 자연스럽게 하게 된다. 그런 과정을 통해 생각의 깊이가 생긴다. 여자에게 남자가 멋져 보일 때는 당연히 철든 큰오빠 같은 모습일 때다.

남자에게는 철든 큰오빠 같은 면과 철들려면 한참 먼 막내아들 같은 면이 동시에 있다.

철이 든다는 말은 계절이 순환하는 섭리를 안다는 뜻이다. 순리를 아는 사람은 조화롭고 깊이가 생긴다. 계절의 순환은 한 계절이 깊어질 대로 깊어져야 이뤄진다. 철이 든다는 것은 각 계절이 무르익을 대로 익어야 하는 숙성의 시간을 경험해서 안다는 것이다. 그러므로 당연히 신중하고 깊이 있게 생각하게 된다. 모든 것을 깊이 생각하고 두루 헤아릴 줄 아는 철든 남자가 좋다.

글도 이런 철든 남자 같은 글이 좋다. 이런 글은 깊이가 있어서 사람들을 깊은 생각으로 이끈다. 많이, 깊이 생각하고 쓴 글이라면 독자는 늘 곁에 두고 다시 읽게 된다. 하지만 사람들에게 다시 읽히는 글은 흔하지 않다. 그만큼 글에서 얻을 수 있는 것이 많다는 얘긴데, 작가가 쓰고자 하는 주제에 대해 얼마나 많이 생각했느냐에 따라서 글의 깊이가 달라진다.

글을 쓴다는 것은 내 생각을 쓰는 행위이지만 독자를 생각하며 써야 한다. 아주 단순하고 일차원적인 나만의 생각을 쓰면 다양한 독자의 공감을 얻을 수 없다. 철든 남자처럼 깊이 있는 글을 써야 많은 이들에게 도움도 주고 공감도 얻을 수 있다. 글을 쓴다는 것은 누군가에게 보여주기 위한 작업이다. 그러니 사람들이 읽고 마는 글이 아니라 삶에 도움을 줄 수 있는 글이 좋은 글이다. 그것이 정보든 위로든 감동이든 중요한 것은 글을 읽는 사람에게 실제로 도움을 주는 것이다.

《칼의 노래》의 작가 김훈은 글쓰기에 대해 이렇게 말한다.

"책 안에 있다는 그 길이 인간 세상의 길과 연결될 수 없다면, 그 길은 인간에게는 참 공허한 것일 거예요. 우리의 고민은 책 안에 있다는 길과 인간세상이, 인간이 걸어가야 할 길을 어떻게 연결할 수 있느냐 하는 것이지, 책 안에 무조건 길이 있으니 읽으라고 말한다는 것은 공허합니다."

이것은 어쩌면 당신과 내가 글을 쓰는 가장 근본적인 이유가 되어야 한다. 글이 실제 삶과 너무 멀리 떨어져 있다면 아무도 글을 읽으려 하지 않을지도 모른다. 글은 인생이라는 길 위에서 길어올린 '체험'이다. 그래서 우리가 흔히 작품이라 일컫는 책들은 우리에게 유희가 아닌 실제적인 삶의 교훈을 전해준다. 책은 정말 한 사람의 인생을 바꿀 수 있다. 당신의 글이 누군가의 삶을 바꾸어놓을 수도 있다는 말이다.

그러기 위해 필요한 것이 무엇이겠는가. 바로 생각으로 이어지게 하는 글의 깊이다. 글의 깊이란 글을 쓰는 사람이 얼마나 많이, 얼마나 다양하게 생각하였는가에 달렸다. 위대한 작품들은 작가가 평생 했던 모든 사유의 흔적이다. 사유하지 않은 글은 다른 사람의 삶에 영향을 미치지 못한다.

　그렇다면 그저 스쳐 지나가는 모든 일상적인 사물이나 사건에서 어떻게 사유할 거리를 찾아내고 생각을 확장시킬 수 있을까. 그것은 절대 저절로 되지 않는다. 무언가 생각하도록 하는 전제조건이 필요하다.

　그것이 바로 독서다. 널리 알려진 중국 송나라 문인 구양수는 글 잘 쓰는 필수조건으로 다독, 다작, 다상량을 들었다. 거기서 다독이 왜 가장 먼저 나오는지를 생각해보라. 글을 쓰고 싶은 사람은 독서도 깊이 있게 해야 한다. 모든 글쓰기 책에서 말하는 것도 실상 요약해보면 이 세 가지 원칙을 확장한 것에 지나지 않는다. 독서에서 중요한 것은 단순히 읽는 데 그치는 것이 아니라 독서의 내면화 과정을 거치는 것이다. 독서의 내면화란 다른 이의 책을 읽으면서 글의 문체나 구성, 표현력을 자기 것으로 만드는 것을 말한다. 이 독서의 내면화 과정에 가장 효과적인 방법이 필사다. 오래 전부터 소설을 배우려는 소설가 지망생들이 즐겨 사용한 이 방법은 소설만이 아니라 모든 글쓰기에서 반드시 해야 하는 작업이다.

정희모, 이재성이 함께 쓴 《글쓰기의 전략》에는 이런 구절이 있다.

"독서를 하지 않는 사람에 대한 무서운 경고가 있다. '유지무지교삼
천리(有智無智校三千里)'란 옛글을 상기해보라. 지혜 있는 사람과 없
는 사람의 차이를 거리로 따지면 삼천리나 된다는 의미이다. 어떤
대상에 대한 지식을 가지고 있는 사람과 그렇지 않은 사람의 차이는
우리가 생각하는 것보다 훨씬 크다. 지식이 없을수록 주장이 강하
고, 지식이 있는 경우 오히려 너그러워진다."

깊이 있는 독서를 하지 않은 사람은 절대 글쓰기를 잘할 수 없다.
'하늘 아래 새로운 것은 없다'는 말도 있듯, 다른 이의 글을 읽지 않
으면 자신만의 글도 쓰지 못한다. 그러니 깊이 읽고 깊이 생각해야
잘 쓸 수 있다.

또 하나, 글의 깊이는 삶의 깊이다. 그래서 삶의 경험이 풍부해
야 한다고도 한다. 하지만 삶의 경험이 다양하다는 것만으로 깊이
있는 사람이 되지는 않는다. 하나의 경험이라도 여러모로 깊이 생
각하고 두루 살펴 사색해야 깊이가 생긴다. 어쩌면 깊이 있는 글은
삶에서 느끼는 어둡고 힘든 일들을 견뎌내면서 얻게 되는지도 모
른다.

신경숙 작가의 첫 장편소설인 《깊은 슬픔》을 보면 작가가 '슬픔'

이란 주제 하나를 두고 살아오면서 얼마나 깊이 생각해왔는지 알게 된다. 그녀의 소설 속에 흐르는 차분하면서도 섬세한 슬픔은 독자에게 고스란히 전달된다. 그래서 많은 독자가 이 소설을 읽다 보면 슬퍼진다고 말한다. 그만큼 소설의 주제가 너무나 잘 표현되어 있다는 뜻이다. 그녀가 소설을 잘 쓰는 이유는 모든 사물에 대해 깊이 있게 생각하기 때문일 것이다.

어떤 한 가지 주제를 놓고 오랜 시간 삶의 경험과 함께 축적한 사유의 결과가 바로 생각의 깊이다. 훌륭한 작품을 쓴 모든 작가는 이렇게 깊이가 다르다. 글을 쓴다는 것은 깊이 생각하고 또 생각하고, 생각하는 것이다. 우물을 파려면 물이 나올 때까지 파야 한다. 당신이 파는 우물에서 언제 물이 나올지는 아무도 모른다. 하지만 그 깊이가 깊어질수록 물이 있는 곳과 가까워지기 마련이다. 그 자리가 완전히 헛된 곳만 아니라면 말이다.

점점 더 자신의 내면으로, 문제의 본질로 깊이 들어가고 또 들어가야 한다. 그래야 다른 사람이 도달하지 못한 지점에 이를 수 있다. 그렇게 얻어진 글은 무언가 다른 향기가 있다. 모든 것을 어루만질 수 있는 내면의 깊이가 느껴진다. 어린 누이를 따뜻하게 보듬어주는 철든 큰오빠처럼 깊이 있는 글이 좋다.

07

멀리 보는 남자처럼 통찰력 있는 글

🔵   생물학적으로 볼 때, 남자들은 여자보다 안구가 크다. 그 이유를 진화론에서도 찾을 수 있다. 남자들은 사냥감을 찾기 위해 멀리 보는 시력이 발달하여 안구가 커졌고, 그 덕분에 '터널 시야'를 갖게 되었다고 말한다. 터널 시야는 좁지만 멀리 볼 수 있는 망원경 같은 시력을 말한다.

하지만 이 좁은 시야 탓에 가까이에 있는 물건은 잘 못 찾게 되었고, 지나가는 여자를 한 번 보려면 고개까지 휙 돌려야 한다. 반면 여자들은 집 주변을 살피기 위해 시야가 넓어졌다. 그래서 지나가는 멋진 남자를 볼 때 고개를 돌리지 않아도 된다.

그래서인지 여자를 만나려고 기다리는 남자는 코앞에 있는 자기 여자는 잘 못 봐도 저 멀리서 걸어오는 빨강 원피스의 여자는 기가 막히게 잘 본다. 진화 과정에서 생긴 어쩔 수 없는 발달이지만 어쨌든 남자들은 멀리 보는 시야 덕에 전체적인 것을 잘 파악하는 장점을 얻게 되었다.

얼마 전 회사에 다니고 있을 때의 일이다. 강남 어디라고 했다. 이메일로 받은 약도를 아무리 살펴봐도 도대체 어디가 어디인지 알 수가 없었다. 마치 미로에 빠진 것처럼 머리가 다 어지러울 지경이었다.

'할 수 없지. 물어볼 수밖에.'

결국 지나가는 남자에게 약도를 보여주며 길을 물었다. 그러자 신기하게도 그 남자는 내가 들고 보던 약도를 거꾸로 돌리더니 바로 앞을 가리키며 말했다.

"이 길로 쭉 가시면 바로 오른쪽에 있는 건물이네요."

"네? 바로 저기라고요? 아…, 감사합니다."

이럴 수가. 바로 코앞에서 물방개처럼 빙빙 돌고 있었던 것이다.

사실 이런 일이 한두 번이 아니었다. 이번엔 잘 봐야지 하고 아무리 신경 써도 길을 물어봐야 할 상황이 됐고, 그때마다 남자들은 하나같이 내가 보는 약도를 뒤집었다. 남편이 설명을 해줄 때도 통

알아들을 수가 없어서 '그래, 난 이 모양으로 살련다' 하고 포기하기에 이르렀다. 그만큼 난 길치다. 그런데 세상에! 내비게이션이 나오더니 곧이어 스마트폰 지도 보기 앱이 나왔다. 만세다!

모든 여자가 그런 것은 아니지만 여자들은 대개 지도를 잘 못 본다. 약도를 거꾸로 들고는 블랙홀에 영혼을 빠트린 얼굴로 이리저리 헤매다 진이 빠지기 일쑤다. 반면 남자들의 터널 시야는 공간 지각력을 더 발달시켰고, 그래서 남자들이 대체로 주차를 잘하고 지도를 잘 본다.

그래서일까? 남자가 여자의 뒷목 근처에 손을 대고 몸을 살짝 틀어 뒤를 보며 한 손으로 후진을 하면 여자들은 여전히 넋을 놓는다. 남자들의 주차실력과 지도를 보는 능력은 그 옛날 언덕 위로 올라가 사냥감을 찾기 위해 들판을 살피던 능력이 이어진 것이다. 그리고 그 능력은 통찰력으로도 이어지는 데 조금이나마 관련이 있어 보인다.

이렇게 멀리 보는 장점은 사물의 본질을 꿰뚫는 통찰력을 얻는 데 더 적합할 수도 있다. 왜냐하면 마을 안에서는 마을의 전체적인 모습을 파악하기 어렵지만 언덕에 올라서면 한눈에 알 수 있기 때문이다. 통찰력이란 전체를 바라보는 거시적인 관점 없이는 가질 수 없는 능력이다. 아무튼 그래서인지 대부분의 남자는 지도를 잘 본다.

글에서 통찰력은 탁월한 능력을 갖춘 남자처럼 돋보인다. 그래서 이런 글은 단번에 사람들의 이목을 끈다. 예를 들어 최재천 교수의 《통섭》이나 베르베르 베르나르의《개미》와 같은 책은 전혀 새로운 관점으로 세상과 현상을 재해석하여 베스트셀러가 되었다.

이렇게 틀을 깨거나 새로운 관점으로 세상을 재해석한 사례는 무수히 많다. 사회와 문화 전반에서 이루어지고 있다. 그리고 애석한 일이지만 이렇게 새롭고도 기발한, 발상의 전환을 요구하는 영역에서 남자들이 더 활약하는 것도 사실이다. 하지만 남자라고 다 그런 건 아니다. 통찰력을 갖추려면 오랜 시간 세심하게 관찰하고 사유해야 한다. 그러니 글을 잘 쓰려면 늘 생각하고 오래도록 관찰하는 일을 게을리하지 말아야 한다.

통찰력이 있는 글은 사람들에게 기존과는 전혀 다른 시각을 보여준다. 그래서 사람들을 놀라게 하고 관심을 집중시킨다. 독자들은 이제까지 한 번도 생각하지 못했던 내용을 읽으면서 배우는 재미를 느끼기 때문이다. 사람들은 다 아는 얘기, 누구든 한 번쯤은 들었음직한 이야기에는 별 관심을 보이지 않는다. 지금까지 전혀 몰랐던 것, 알면서도 뚜렷하게 정리한 적이 없는 현상들을 남다른 통찰력으로 이야기할 때 무릎을 친다.

우리에게 강펀치를 날리는 책들은 남다른 통찰력으로 세상을 보는 새로운 시각을 제시하는 것들이다. 문학의 고전이나 스테디셀

러들은 남다른 관점으로 세상을 본 작가의 통찰력이 빚어낸 글이었다. 통찰력을 영어로는 'insight'라고 한다. 즉, 보이지 않는 것을 보는 능력을 말한다. 이를 다른 말로 표현하면 세상을 재해석한다는 것이다.

어쩌면 글쓰기란 남들이 보지 못하거나 무심히 지나치는 현상 또는 사물에 대해 이야기하는 것인지도 모른다. 하지만 이런 능력은 하루아침에 길러지지 않는다. 쉽게 갖출 수 있는 능력이 아니므로 더 중요하다. 무엇보다 이 능력의 바탕에는 엄청난 양의 지식이 있어야 한다. 게다가 사물을 보는 세심한 관찰력도 요구된다. 하나의 사물을 가지고도 그 모양, 색깔, 쓰임새를 낱낱이 관찰해야 한다. 그런 다음에는 완전히 새로운 것과 연결하여 생각해보는 습관을 들여야 한다.

글쓰기란 단순히 기록하는 것과 다르다. 논리적인 구조도 필요하지만 그보다 중요한 것이 나름대로 해석된 견해다. 그 견해가 탁월한 것일 때 사람들은 관심을 기울인다. 그러니 통찰력까지는 아니더라도 새로운 시각으로 세상을 보는 색다름은 가지고 있어야 한다. 옆집 아저씨도 알고 있는 뻔한 이야기에는 누구도 관심을 두지 않는다. 나에게 통찰력이 부족하다면 발상의 전환이라도 시도해봐야 한다.

이외수는 《글쓰기 공중부양》에서 통찰력을 기르는 방법의 하나로 '발상의 전환'을 들었다. 그는 이렇게 말했다.

> "끊임없이 의문을 던지면서 해답을 탐구하라. 남들이 보는 시각과 똑같은 시각으로 사물을 바라보는 습관을 버려라. 그래야만 남들이 미처 발견하지 못했던 것들을 발견하고 남들이 미처 깨닫지 못했던 것들을 깨달을 수 있다."

 모든 것에 의문을 품으라는 말이다. 그래야 남다른 생각을 끌어낼 수 있다. 이런 발상의 전환이 곧 창의력으로 이어지고, 이것은 직관과도 연결된다. 결국 통찰력과 창의력, 직관은 모두 연결되어 있는 셈이다.

 직관에 대해 아인슈타인도 이런 말을 남겼다.

 "오직 직관만이 교감을 통하여 통찰력으로 이어질 수 있다."

 이 모든 것은 통합적 사고를 필요로 한다. 하나의 면만을 보는 단편적 시각이 아니다. 이런 남다른 관찰은 감추어진 면을 찾아내게 하고, 이를 글로 풀어냈을 때 사람들은 자극을 받는다.

 글쓰기란 사람들도 다 아는 이야기를 하는 것이 아니다. 때로는 사람들이 꺼내기 힘든 이야기를 해야 하고, 사람들이 보기 싫어하는 것을 보여주어야 한다. 그것이 무엇이든 간에 그 안에서 작가가 발견한 '진실'이 있다면 작가는 보여주어야 한다.

천재 화가 피카소는 "예술은 진실을 깨닫게 하는 거짓말이다"라고 했다. 슬픔과 기쁨 사이에 또는 사람들이 감추고 싶은 것들 속에 담긴 아름다움이나 추함을 들춰내야 한다. 그것을 할 수 있는 것이 작가의 능력이고 작가의 매력이기도 하다. 그러려면 모든 사물과 현상을 다르게 생각하고 다르게 봐야 한다. 사람들은 나도 알고 있는 이야기에 절대 귀 기울이지 않는다.

박웅현은 《인문학으로 광고하다》에서 이렇게 말했다.

> "창의력은 톡톡 튀지만 가볍게 느껴지는 감각이 아니라 본질을 꿰뚫는 통찰력에서 얻을 수 있다. 창의력은 의식적이거나 무의식적인 통찰력을 통해 발휘된다."

이렇게 사람들이 못 보는 본질의 이면을 들추어 새로운 사실을 알려주는 글이 멋지다.

그러려면 사물을 뒤집고 껍질을 벗겨보기도 하는 과학적 탐구력이 필요하다. 그래서 이 세상의 모든 사물과 현상은 작가에게 탐구 대상이자 연구 대상이어야 한다. 모든 것에 호기심과 탐구심을 가지고 있어야 한다.

여기에 더해 반드시 선행해야 하는 것이 있다. 바로 인문학 공부다. 요즘 많은 작가가 인문학 공부를 강조하며, 그와 관련된 책도 많이 나왔다. 이와 같은 열풍은 인문학 공부를 하지 않으면 절대 다른 관점을 가질 수 없다는 사실을 반영한다. 당신도 깊이 있는 글을 쓰고 싶다면 아니, 작가로 살고 싶다면 반드시 인문학 공부를 해야 한다.

그리고 인문학뿐만 아니라 다양한 분야에 관심을 가지고 새로운 지식에도 민감해야 한다. 통찰력이란 종합적인 사고를 필요로 하기에 한 가지 분야를 잘 안다고 해서 얻어지지 않는다. 모든 분야에 걸쳐서 폭넓게 공부해야 한다. 그리고 한 가지를 볼 때도 세밀하고 깊게 살펴라. 하나의 사물을 보고 깊이 이해하지 않으면 뒤집어볼 줄도 모르기 때문이다.

작가로서 글을 쓰려면 전체를 살펴볼 줄 알아야 하고 때로는 틀을 바꾸어 다르게 보는 안목도 갖춰야 한다. 거기에 순수한 지적 호기심이 있어 배우는 일을 좋아해야 한다. 그렇지 않으면 다른 사람들에게 도움을 주는 좋은 글을 쓰기는 어렵다. 무언가 색다른 이야기를 다른 방식, 다른 관점으로 꺼내라. 사람들은 그런 글에 집중한다.

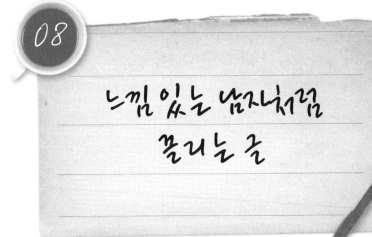

느낌 있는 남자녀처럼
끌리는 글

●　　남자들이 여자를 꾈 때 많이 쓰는 대사 중 하나가 이것이다.

"우리 어디서 만난 적 있죠?"

　근데 실제로 처음 만나는 남자인데 어디선가 본 것 같기도 하고 어쩐지 끌리는 사람이 있다. 잘생긴 것도 아니고 그렇다고 패션 감각이 뛰어나 보이는 것도 아니다. 게다가 말을 잘하는 것 같지도 않은데 왠지 끌린다. 머릿속에선 '내가 왜 이러지?' 하고 경고음을 울려대도 내 마음의 촉은 이미 그 남자에게로 넘어가고 있다.

　많은 현상 중에 남녀가 처음 서로에게 꽂히는 것만큼 설명할 수 없는 것이 또 있을까? 그야말로 미스터리다. 제아무리 장동건 같은 미남일지라도 느낌이 안 오면 바로 아웃시키는 간 큰 여자도 있고, 단지 느낌이 온다는 이유 하나로 거지발싸개 같은 외모의 남자에게 한눈에 반하기도 한다. 누구는 후광이 비쳤다고도 하고, 누구는 그 사람만 클로즈업되어 다른 것은 보이지 않더라고도 한다.

내 경험으로 볼 때 남자에게 끌리는 느낌, 이른바 '필'은 어떤 조건을 가지고 오는 게 아니다. 그가 가진 외적 조건은 아무런 관계가 없을 수 있다. 그것이 무엇인지는 모르지만, 그래서 짚신도 짝이 있다는 건지도 모른다. 개중엔 느낌보다는 조건으로 만나는 일도 있는지라 가끔 짚신짝이 맞지 않아 결국 벗어던지고 마는 사람들도 생기지만 말이다. 하긴 나에게 맞는 짚신이라 해도 딱 들어맞기가 어디 그리 쉬운가. 이래저래 쉽지 않은 것이 남녀 관계다. 그래서 처음엔 '너 없으면 안 된다'가 '너만 없으면 된다'로 바뀐다는 우스갯소리가 마냥 웃기지만은 않다.

아무튼 나의 오랜 이상형은 외모는 별로이되 내 정신적 허영을 채워줄 수 있는 독특한 정신세계를 가진 남자였다. 굳이 예를 들자면 이외수나 가수 김C 같은 남자 말이다. 외모는 내세울만 하지 않지만 정신세계가 지극히 아름다워 안팎이 현저히 차이 나지 않는가. 바로 반전의 매력이 있는 남자라고나 할까?

하지만 정작 내게 느낌이 온 남자는 나의 이상형과는 완전히 달랐다. 정말이지 잘생긴 남자에게 끌리고 만 것이다. 이런 밑도 끝도 없는 끌림으로 사랑은 시작되고 결혼을 했으니 그래서 남녀 관계가 흥미로운 것인지도 모른다. 아무튼 끌리는 남자와는 불타는 사랑을 하게 된다.

글에도 이런 글이 있다. 문법적으로 완벽한 문장이 아닌데도 가슴을 친다. 무언가 끌린다. 그런 글은 독자를 사로잡는다. 어떤 글을 쓰더라도 독자를 끌어들이는 매력이 있어야 한다. 글쓰기에서는 이런 느낌을 전달하기 위해 수사학이 적용된다. 수사학이라면 알다시피 직유법이니 은유법이니 활유법, 의인법 등을 말한다. 하지만 전문가들은 문법적인 기본 지식보다 중요한 것이 있다고 한목소리로 말한다. 글쓰기에는 정답이 없으며 왕도도 없다. 이렇게 써야 한다고 말할 수 있는 것이 아니다. 결코 언어 관련 지식만으로 글을 쓰는 것이 아니다.

소설 《만다라》의 작가 김성동은 쓰고 싶은 이야기가 있었지만 어떻게 소설을 쓰는지 기본적인 지식이 없었다고 한다. 하지만 그런 그가 장편소설을 써서 베스트셀러를 만들었다. 결국 작가는 글로써서 표현하지만 글쓰기란 단순한 언어의 조합으로 되는 것이 아니라는 얘기다. 자신만의 언어로 자신의 정신세계를 표현할 수 있어야 비로소 글쓰기라 할 수 있다.

드라마 작가 김수현도 대사를 독특하게 쓰기로 유명하다. 특히 도치법을 자주 사용하여 주어와 서술어의 위치가 바뀌는 대사가 참 많다. 하지만 누구도 '문법적으로 어긋나니 다시 쓰시오' 하지 않는다. 오히려 수많은 히트작을 냈고, 이런 독특한 대사는 김수현만의 트레이드마크가 되었다.

〈청춘의 덫〉에서의 배우 심은하의 한 서린 대사 "당신, 부숴버릴 거야"는 아직도 방송에서 회자되고 있다. 드라마라는 특성상 대화체로 이끌어야 하긴 하지만, 그녀는 '내가 하지 말라고 했어요'란 대사를 '내가 그랬어요, 하지 말라고'로 표현한다. 게다가 빠른 속도로 치는 대사가 톡톡 튀는 대화의 묘미를 주었다. 이런 경지에 오르기가 결코 쉬운 것이 아니다. 오랫동안 숙련해야 하고, 새로운 시도를 많이 해봐야 한다.

나만의 매력적인 언어를 찾기 위해 노력해야 한다. 하나의 사물을 한 가지만이 아니라 다양한 관점으로 표현하는 연습을 많이 하라. 그러다 보면 자신만의 언어가 주어지는 시간이 올 것이다. 사람들을 끌어당기는 언어의 묘미를 터득한다면 당신만의 독특하고 매력적인 문체가 탄생할 것이다. 아무튼 사람을 끌어당기는 이유에 남자나 글이나 정해진 답은 없어 보인다.

대학 졸업 후, 서울로 올라와 직장에 다니다가 한 남자를 만났다. 그동안 좋아한 남자들이 없었던 건 아니지만 참 이상한 일이었다. 처음 만난 날, 얘기를 하면서 마주친 그의 눈빛은 내 안으로 스며드는 듯했다. 게다가 그에게선 정체를 알 수 없는 달큼한 냄새가 풍겼다. 분명 향수도 아니었는데 어디선가 솜사탕 냄새가 났다. 더 이상했던 것은 그가 나를 바라보고 있으면 왠지 심장의 박동이 차분해지고, 내 안에는 기분 좋은 향기가 온몸 구석구석 퍼지는 듯했다. 첫 만남이 끝나고 집에 돌아와서도 그가 자꾸 생각났다. 그 만남의 여운은 일주일이 지나도 사라지지 않았다.

그날 나의 기분 좋은 끌림은 유행가 가사처럼 뭐라고 딱 꼬집어 말할 수 없는 긴 여운을 남겼다. 하지만 정반대로, 헤어지고 나면 다시는 생각하기도 싫은 남자도 있다. 매너가 꽝이었다든가 담배 냄새에 찌들었다든가 해서 불쾌한 느낌뿐이라 전혀 끌리지 않았던 남자다.

글도 마찬가지다. 좋은 글은 여운을 남기지만, 그렇지 못한 글은 씁쓸함이나 허전함을 남긴다. 읽고 나서 조금 더 생각할 수 있게 하는 기분 좋은 여운을 남기는 글이 좋다.

책을 읽다가 너무나 좋은 글귀를 만나면 나도 모르게 머리를 들어 하늘을 보며 생각하게 되지 않는가. 길을 걷다가도 문득 어제 책에서 읽었던 문장이 스쳐 지나가기도 하고, 바쁜 일상을 잠시 접고 창밖을 바라보게 되기도 한다. 마치 좋은 남자를 만나고 난 후 문득 생각나는 것처럼 말이다.

헨리 데이비드 소로의 《월든》에 나오는 글이다.

"월든 호수는 똑같은 관측 지점에서 보더라도 어떤 때는 청색으로 어떤 때는 초록색으로 보인다. 하늘과 땅 사이에 놓인 이 호수는 양쪽의 색깔을 다 가지고 있는 것이다. 언덕 위에서 보면 호수는 하늘의 색을 반영하고 있지만 가까이에서 보면 모래가 보이는 호숫가의 물은 누런 색조를 띠고 있으며, 조금 더 깊은 곳은 옅은 녹색, 그러고는 점차로 색이 진해져서 호수의 중심부를 포함한 대부분의 물은 한결같이 어두운 초록색이다. 빛의 상태에 따라서는 언덕 위에서 보더라도 호숫가 근처의 물이 선명한 초록색일 때가 있다."

'호수'라는 챕터에 있는 이 글은 나에게 단 한 번도 보지 못한 호수를 머릿속에 그려보도록 해주었다. 이 책은 간디부터 카네기에 이르기까지 많은 사람에게 깊은 감명을 준 것으로 알려진 명작이다. 나 또한 이 책을 읽고 한동안 그 여운이 지속되었던 기억이 있다. 이처럼 좋은 느낌이 오래가는 글이 좋은 글이다.

하지만 이 '필'이란 것이 사람마다 다를 수 있기에 당신은 날카로운 지성을 갖춘 남자에게 끌릴 수도 있다. 글에도 번뜩이는 지성으로 강한 인상을 남기는 글이 있다. 하지만 그 어떤 날카로운 지성도 정답을 제시할 수는 없다. 모든 것은 독자의 몫이기 때문이다. 글을 쓰는 우리가 줄 수 있는 것은 독자로 하여금 생각할 수 있도록 여운을 주는 것뿐이다. 사람들은 스스로 내린 판단을 더 옳다고 생각하는 법이니까.

느낌은 주되 여운은 남겨라. 느낌 있는 남자가 주는 여운처럼 글을 읽고 나서도 생각나게 해야 한다. 그것은 단순히 문법적인 지식으로 되는 것도 아니고 끊임없이 연습하여 스스로 갈고닦아야 한다. 나만의 언어를 찾을 때까지 말이다. 그러려면 습작밖에 없다. 글을 쓰고 싶다면 습작은 선택이 아니라 필수다.

습작을 하는 법에 대해 알고 싶다면 도로시아 브랜디의 《작가수업》을 참고하라. 다음은 그 책의 한 대목이다.

"무조건 자리에 앉아 글을 쓰기 시작하라. 첫 문장이 잘 떠오르지 않거든 공간을 비워두고 나중에 쓰면 된다. 되도록 빨리 써나가면서 자신이 쓴 글에 가능하면 관심을 덜 기울이는 것이 관건이다. 문장을 시작하고 끝낼 때마다 간단명료한 필치로 부담 없이 신속하게 작업하려고 노력하라. 다시 읽고 싶은 마음이 들더라도 참아야 한다. 가끔 한두 문장만 다시 읽어 올바른 경로로 가고 있는지 확인하라."

글을 많이 써본 사람과 아닌 사람은 표현하는 것부터 다르다. 글을 쓰기 위해 노력해야 한다는 것은 습작을 많이 하라는 얘기다. 많이 써야 한다. 그래야 나만의 문체, 나만의 표현 방법을 가질 수가 있다.

이외수 작가가 글을 더 잘 쓰고 싶어서 표현하는 법을 터득하려고 강원도 산골로 들어갔다는 얘기는 유명하다. 거기서 얼음밥을 지어먹으면서 자신을 극한으로 내몰았는데, 그때 하늘에서 내리는 눈을 보고 다른 느낌의 표현이 떠올랐다고 한다. 눈은 보이는 그대로 얼음의 결정체가 아니라 수많은 영혼일 수도 있고, 나비일 수도 있고, 신의 비듬일 수도 있다는 것을 깨달았다는 것이다.

글자와 글자 사이에 담긴 미묘한 느낌을 찾아 사람들의 마음을 사로잡는 글이 매력적인 글이다. 독자를 빨아들이는 느낌 있는 글이 좋다.

09

배려하는 남자처럼
섬세한 글

여자는 오늘 기분이 안 좋다. 남편이 퇴근하면 어떻게든 이
상황에 대해 이야기를 해야겠다고 벼르고는 있지만, 온종일 가라
앉은 기분은 남편에게 대놓고 이러니저러니 먼저 말을 꺼내기조차
싫다. 여자는 남자가 알아서 자신의 기분을 눈치채주기를 기다리
고 있다.

그러나 막 퇴근해서 돌아온 남편은 당연히 여자의 기분이 어떤지
전혀 모른다.

"배고파, 밥 줘."

매일 듣는 밥 타령이 오늘따라 더 짜증을 돋운다. 기분이 안 좋다는 것을 표현하기 위해 여자는 대답도 안 하고 밥상을 차린다. 여기서 말없이 굳은 표정으로 밥상을 차리는 아내를 보고 "왜 그래? 오늘 안 좋은 일 있었어?"라고 물으면 그나마 눈치가 좀 있는 남자다. 아내가 또 대답도 않고 쌩하니 돌아서 나가려고 할 때 뒤에서 백허그라도 해준다면 이 남자는 정말 섬세하며 평소에도 여자를 배려할 줄 아는 남자다.

　하지만 여기 이 남자는 아직도 눈치를 못 채고 밥을 먹고 있다. 평소 같으면 밥상 앞에 마주앉아 하루 일을 재잘대고 있을 여자가 조용히 거실에 혼자 있는데도 남자는 꾸역꾸역 밥만 먹는다. 남자가 밥을 다 먹고 일어서자 여자는 그대로 방에 들어가 버린다. 그제야 눈치채고 여자를 따라 방에 들어가면 지극히 평범한 남자다.

　그러나 여기 이 남자는 그조차도 아니다. 여전히 눈치를 채지 못한 채 소파에 드러누워 TV를 켠다. 이런 남자에겐 일기예보를 하듯이 일일이 알려줘야만 하는 걸까.

　"오늘 당신과 같이 사는 여자의 기분 상태는 시어머니 저기압으로 인해 울 확률 50퍼센트, 소리를 질러 싸울 확률 95퍼센트입니다."

　내 경험으로 볼 때, 이런 둔한 남자가 여자를 배려하는 일은 연례행사처럼 일 년에 한두 번 있을까 말까다. 섬세하지 못하기 때문에 여자의 작은 몸짓이나 표정에서 드러나는 기분을 읽어낼 줄 모른다. 꼭 말로 해야 아는 남자는 다른 모든 것에서도 둔하다. 게다가 이렇게 눈치 없고 둔한 남자는 그다음 행동도 격에 맞지 않다. 뒤늦게 눈치는 챘지만 여자의 상태와는 아무 상관 없이 기분을 풀어 주겠다고 과한 행동을 하기 일쑤다. 여자의 기분은 이미 저만치 가버렸는데 그때서야 부산스럽게 덤비는 모습은 그저 주책없이 보일 뿐이다.

예전에 TV 예능 프로그램인 〈무한도전〉에서 몰래카메라를 방송한 적이 있다. 남자 멤버들에게 여자 스태프와 함께 길을 걷게 하고는 그 옆을 차가 거칠게 지나간다는 설정이었다. 이때 여자 스태프를 누가 얼마나 잘 보호하는가를 보려는 것이다. 이날 가장 돋보인 멤버는 단연 유재석이었다. 여자 스태프를 확실하게 안아 안전한 인도 쪽으로 이끄는 모습을 보여 다시 한 번 배려의 아이콘, 멋진 남자로 인정받았다. 시간이 흘러도 유재석은 변함없는 배려의 아이콘이자 안티 없는 방송인으로 유명하다. 그의 배려하는 마음은 어디에서 출발한 것일까.

한상복의 《배려》란 책에는 이런 구절이 있다.

"우리의 인생을 바꾸는 것은 엄청나게 큰 일들이 아니다. 평소에는 관심조차 기울이지 않던 사소한 것들이 때로는 삶의 방향을 좌우하는 중대 변수로 등장한다."

사실 유재석의 배려는 항상 사소하고 작은 행동에서 드러난다. 여자 출연자에게 자신의 모자를 건네준다든지 지나가는 시민들에게 항상 깍듯이 인사를 한다든지 하는 것이다. 배려란 이렇게 타인에게 아주 작은 관심을 보이는 섬세함이다. 그러려면 역지사지의 마음이 있어야 한다. 다른 사람의 입장이 되어보지 않으면 절대 배려할 수가 없다. 그리고 겸손해야 한다. 스스로 낮추는 겸손함이 있어야 진심 어린 존중과 배려가 나온다. 항상 이런 마음을 갖고 사람을 대한다는 것이 쉬운 일은 아니다. 그래서 더욱 작은 일에도 마음을 써주는 남자가 좋다.

글쓰기에서도 이런 섬세한 배려가 필요하다. 이때의 배려는 독자를 향한 것으로, 그래야 독자가 이해하기 쉽고 전하고자 하는 내용이 잘 전달될 수 있다. 글쓰기의 일차적인 목적은 전달에 있다. 아주 오랜 옛날, 인류의 조상은 동굴에 그림으로 뭔가를 남기기 시작했다. 그런 후에는 나무껍질, 목판이 등장했고 종이가 발명되었다.

본인이야 잘 알고 있는 내용이겠지만, 글로 쓸 때는 친절하게 설명해주는 배려가 있어야 한다. 처음 쓰는 사람들의 글을 보면 성기다는 느낌을 받는다. 그 이유는 자신이 알고 있는 내용이니까 다른 사람들도 알겠거니 생각하여 자기 입장에서만 쓰기 때문이다. 그러다 보니 자세히 짚고 넘어가야 할 부분을 빠트리거나 짧게 줄여서 읽는 사람으로 하여금 거친 자갈길을 걷는 것처럼 삐거덕거리게 한다. 당연히 그런 글은 내용이 잘 이해되지도 않고 공감을 끌어내기도 어렵다.

독자가 충분히 이해할 수 있도록 배려하며 써야 한다. 예를 들어 어린이를 위한 글을 쓰면서 너무 어려운 단어를 쓴다거나, 일반인을 대상으로 한 글에서 고도의 전문용어를 해설도 없이 남발한다거나 하는 것은 독자에 대한 배려가 전혀 없는 글쓰기다. 이런 글은 읽으면서 기분이 상할 수도 있다. 독자가 누구인지를 항상 생각하면서 써야 한다. 마치 그들을 앞에 두고 얘기하듯이 써도 좋다.

하지만 반대로 너무 배려하여 지나치게 설명을 하면 글의 속도감이 떨어진다. 굳이 설명하지 않아도 될 것을 구구절절이 이야기하는 말솜씨 없는 사람처럼 쓰지 말자. 글은 속도감이 있어야 재미가 있다. 특히 소설은 사건의 전개가 속도감 있게 이어지면 롤러코스터를 타고 내려가는 것 같은 즐거움을 준다.

《순수의 시대》를 쓴 여류 작가 이디스 워튼은 이런 말을 남겼다.

"글 쓰는 일을 무엇에 비유할 수 있을까? 처음에는 봄날 숲길을 드라이브하는 것 같다가 중간쯤 되면 고비사막이 된다. 그러다 마지막에는 봅슬레이를 타고 미친 듯이 내려가는 것 같다."

글쓰기의 속도감에 대해 정말 적절한 표현이다. 초지일관 일정한 속도를 유지하면 참 맥빠지는 글이 되기 십상이다. 그러니 너무 빠르게 나아가지도 말고 그렇다고 이것저것 설명하려다 느려터진 놀이기구를 타는 것처럼 싱겁게 만들지도 말아야 한다. 설명해야 할 것과 그냥 넘겨야 할 것을 잘 판단하고 쓰는 것도 재주다. 일종의 흐름인데 이것이 독자에겐 재미가 되기도 한다. 독자의 재미보다는 작가 자신의 의도에만 충실하여 이야기를 끌거나 밀고 가려고 욕심을 부려서는 안 된다. 훌륭한 작가들은 말한다. '이야기는 이야기가 이끌고 가도록 해야 한다'고 말이다.

존 R. 트림블 교수도 저서 《살아있는 글쓰기》에서 이렇게 말했다.

> "인간은 감정의 동물이기 때문에 글쓰기는 다른 모든 인간 관계와 마찬가지로 예의의 기본 법칙을 따라야 합니다."

독자가 없다면 내 글은 아무 의미도 갖지 못한다. 그러므로 당연히 읽는 사람을 염두에 두고 써야 한다. 그냥 깨알 같은 자기자랑이나 늘어놓고 자기만족에 빠지겠다면 모르지만 말이다. 그런 자기과시가 글을 쓰는 이유라면 차라리 쓰지 않는 게 여러 사람을 위한 일이 될 터이다. 작가에겐 독자만큼 고마운 존재도 없다. 그런 독자를 위해 어떻게 하면 쉽고 유익하게 쓸 것인가를 고민하는 것은 작가의 중대한 의무 중 하나다.

현재도 그렇지만 앞으로는 더더욱 글이 반드시 책을 통해서만 사람들에게 노출되진 않는다. 지금의 IT 환경은 여러 기기를 활용하여 어디서나 글을 읽게 해준다. 요즘은 이른바 소셜 미디어의 세상이다. 사람들은 점점 쉽고 편한 글을 선호한다. 미디어 기기의 특성상 피로하지 않기 위해 요구되는 당연한 현상이기도 하다.

그러니 글을 쓰려면 쉬운 단어를 선택하고 간결하게 표현하는 것이 좋다. 작고 세심한 표현 하나가 누군가의 가슴을 흔들 수도 있다. 저명한 작가들이 쓴 글을 보면 거친 듯 섬세하다. 그것이 사람들의 감성이 반응하는 이유다. 작은 몸짓이 주는 큰 의미를 표현할 줄 아는 글이 좋은 글이다. 여자가 정말 필요로 할 때 도와주거나 기분을 풀어주거나 하는 것이 배려인 것처럼 말이다. 섬세한 남자는 부드럽고 따뜻하여 상대의 입장을 헤아릴 줄 알듯이 섬세한 글은 독자를 배려한다. 나를 배려하는 남자처럼 섬세한 글이 좋다.

우유부단한 남자처럼 대충 얼버무리는 글

늘 곁눈질하는 남자처럼 갈팡질팡하는 글

감성이 없는 남자처럼 메마른 글

심심한 남자처럼 따분한 글

무능한 남자처럼 탄탄하지 않은 글

사소한 것을 놓치는 남자처럼 공감 안 되는 글

실속 없는 남자처럼 얻을 게 없는 글

느끼한 남자처럼 진실성 없는 글

쓸데없이 척하는 남자처럼 보기 싫은 글

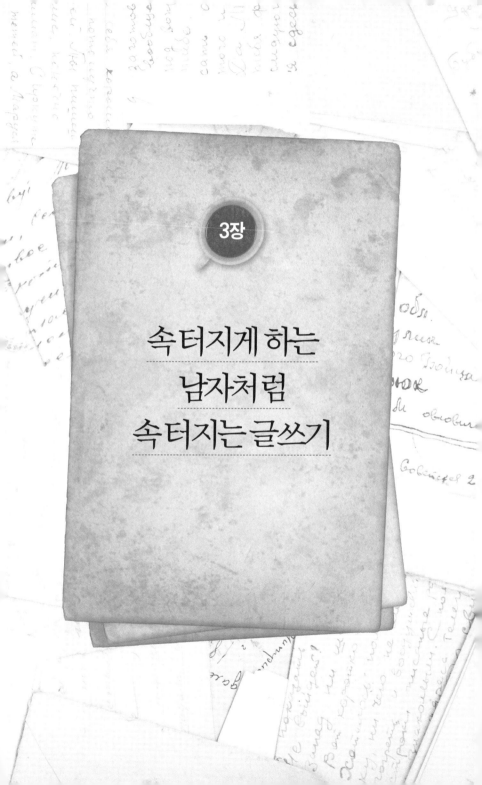

3장

속 터지게 하는
남자처럼
속 터지는 글쓰기

우유부단한 남자처럼 대충 얼버무리는 글

● 가족끼리 외식을 하기로 했다. 밖에는 비가 오고 있었고, 그 래서인지 여자는 왠지 분위기 있는 곳으로 가고 싶다. 여자는 남편 에게 전화를 걸었다.

"자기야, 오늘 우리 뭐 먹을까?"

"글쎄…."

"그럼, 애들도 좋아하니까 스파게티 먹을까?"

저녁이 되어 이탈리아풍 은은한 조명이 켜진 테이블에 가족이 둘 러앉았다. 여자가 물었다.

"당신은 뭐 먹을 거야? 크림? 아니면 토마토?"

"글쎄…."

여자는 속에서 대중목욕탕 습기처럼 답답함이 올라오고 있었지만, 모처럼의 외식이니만큼 애써 눌러 참았다.

"우리 여행가기로 한 거, 애들 방학기간에 가면 좀 붐비지 않을까? 좀 더 일찍 갈까?"

"글쎄…."

또 글쎄다. 이 남자는 전생에 서당 훈장이었나 보다. 입만 열면 글쎄다. 무엇 하나 결정하지 않는 남편, 여자는 속이 부글부글 끓는다. 급기야 날카로운 한마디가 터져 나오고 만다.

"당신은 글쎄란 말밖에 몰라?"

남자가 눈을 둥그렇게 뜨고는 말한다.

"글세…, 그런가."

"어휴, 속 터져!"

여자는 첨엔 남편의 부드럽고 착한 심성이 좋았다. 하지만 결혼 생활이 길어질수록 그것이 치명적인 단점이라는 것을 알게 되었다. 남편은 너무 착해서 맺고 끊음이 분명하지 않았고, 이런저런 상황을 모두 염두에 두다 보니 쉽게 결정을 하지 못했다.

'글쎄'를 달고 사는 남자, 여자는 속이 터진다. 부드럽고 온화하더라도 결정적인 순간엔 단호하게 선택하는 남자가 좋다. 아무리 좋은 것도 지나치면 독이 되듯 온유하고 부드러운 건 좋지만 그게 지나쳐 매사 우유부단해서는 안 된다.

주희와 엽채의 《근사록집해》에 들어 있는 〈정씨유서〉에는 아홉 가지의 덕, 즉 구덕(九德)에 대해 나온다.

"행(行)에는 구덕이 있다. 관대하면서 위엄이 있는 것, 부드러우면서도 뜻이 서 있는 것, 성실하면서 공손한 것, 세련되면서 공경스러운 것, 순종하면서 의연한 것, 곧으면서 따뜻한 것, 대범하면서 모남이 있는 것, 굳세면서 가득 찬 것, 힘이 세면서 의로운 것이다."

여기서 두 번째 나오는 덕에서 보듯 부드러우면서 뜻이 우뚝 서 있으면 부드러움이 나약함에 이르지 않는다. 결국 자기 주관 없이 부드럽기만 해서는 나약해진다는 뜻이기도 하다. 나약함에 이르는 부드러움은 좋은 모습이 아니다. 너무 우유부단한 남자는 일단 자기 생각이 없어 보인다. 게다가 늘 다른 사람이 결정하는 대로 따르는 남자에겐 남성적인 매력도 느껴지지 않는다.

우유부단한 글은 마치 여행을 갔을 때 지도가 없는 것과 같다. 좋은 글은 여행자에게 지도 같은 글이다. 어디로 가야 할지 방향을 제시한다. 나침반과 같은 글은 마치 스승처럼 독자를 이끈다. 자기 안에 중심이 서 있지 않은데 어찌 다른 사람을 이끌겠는가. 남자가 너무 우유부단하면 여자의 목소리가 저절로 커진다. 무엇 하나 결정하려 들지 않는 남자와 살다 보면 그리 될 수밖에. 아무리 강해 보이는 여자도 때로는 남자가 이끄는 대로 따르고 싶어한다.

부드러우면서 뜻이 서 있어야 덕이 되는 것처럼 글도 마찬가지다. 글은 저마다의 특징이 있다. 강하게 끌고 나가는 글도 있고 마치 스승처럼 지혜롭게 이끄는 글도 있다. 강한 문체는 글을 쓰는 저자의 성향 탓일 수도 있지만 논설이나 비평 형식이라면 대개 강한 논조를 띤다. 부드럽지만 제 뜻이 확고히 서 있어야 주장을 이끌고 문제 해결을 위한 나름의 실마리를 보여줄 수 있다.

재미를 위한 가벼운 소설이라 하더라도 사람들이 책을 읽는 이유는 무언가를 해결하기 위해서다. 책을 읽으면서 나의 문제라고 생각했던 부분이 해결되기를 원하는 것이다. 그렇다고 책이 완벽한 해결책을 제시해야 한다는 뜻이 아니다. 다만 독자는 해결을 위한 실마리를 찾거나 해결하고자 하는 동기를 만나거나 아니면 약간의 힌트라도 얻기를 원한다.

다음은 시간관리에 대한 예시 글이다.

"시간관리란 자기관리에 있어서 핵심이다. 시간관리를 하지 못하고서는 자기가 하고자 하는 일을 차례대로 해결해나갈 수가 없다. 성공한 사람들을 보면 모두 철저히 시간관리를 하고 있다. 그것도 아주 기능적으로 말이다. 하루는 누구에게나 스물네 시간이다. 이 시간을 어떻게 쪼개서 사느냐가 관건이다. 당신은 시간관리를 잘하고 있는가? 항상 잘 생각해보고 해나가길 바란다.

그리고 시간관리를 하려면 인맥관리도 잘해야 한다. 우리는 사는 동안 많은 사람을 만난다. 그리고 사람을 만나는 일은 인연이라고 해서 특별하게 생각해왔다. 오늘은 누구를 만나고 내일은 누구를 만날지가 중요하다. 내가 일주일에 세 번을 의도적으로 만나는 사람은 미래의 내 모습이라는 말도 있다. 왜냐하면 모든 일은 사람 사이에서 해야 하고 사람관리가 당신의 성공을 좌우하기도 하기 때문이다. 당신은 인맥은 튼튼한가? 항상 점검해보아야 할 일이다. "

이 글을 읽고 어떤 느낌이 드는가? 주장이 잘 펼쳐지다가 갑작스레 끝나버린 듯하지 않은가? 이처럼 알아서 하라는 식으로 끝맺어버리면 독자는 아마 황당하기까지 할 것이다. 시간관리에 대한 이야기를 시작했으면 그 방법도 제시해야 한다. 예를 들어주거나 자신의 시간관리 방법을 소개하거나 아니면 유명인들의 시간관리법이라도 언급해야 독자들이 얻을 게 있다. 그런데 갑자기 인맥관리로 넘어가 버린다.

이렇게 문제 해결을 위한 단서는 고사하고 자신이 왜 이 글을 쓰는지도 모르는 것처럼 우왕좌왕하는 글을 누가 돈을 내고 사서 보겠는가. 판단은 독자의 몫이지만 글을 쓰는 의도와 이유는 명확하게 드러나야 한다. 그것이 설령 옳은 내용이 아니거나 독자와는 다른 결론에 이를지라도 작가적 진실로 판단하여 써야 한다. 마치 우유부단한 남자처럼 문제 해결을 위한 결정능력이 모자라는 듯한 글은 독자를 답답하게 한다. 특히, 자기계발서는 더더욱 그렇다. 우유부단한 남자에게 남는 건 억세진 마누라의 구박밖에 없는 것처럼 대충 얼버무린 듯한 글에는 독자의 외면만 남을 뿐이다.

그리고 작가는 독자에게 해결방법을 제시하는 것뿐 아니라 글을 쓰는 과정에서도 스스로 끊임없이 판단하고 결정해야 한다. 작가에게 이런 판단을 특히 요구하는 때는 바로 퇴고 단계다. 글쓰기에서 반드시 필요하고 가장 중요한 것이 퇴고이기도 하다. 글은 퇴고를 거쳐야 비로소 완성된다. 퇴고할 때 중요한 한 가지가 버리는 것이다. 아무리 좋은 문장이나 사례도 적절치 않을 때는 과감히 버려야 한다. 버리기 아깝다고 망설이다가는 글에 일관성이 떨어지고 지저분해진다. 또 퇴고는 멈추는 것이라고 했다. 계속 고치려들면 끝이 없는 것이 퇴고다. 하긴 말이 쉽지, 어느 작가나 막상 퇴고를 하려면 머리에 쥐가 나기 마련이다.

김훈은《칼의 노래》첫 문장 '버려진 섬마다 꽃이 피었다'에서 '꽃은 피었다'와 '꽃이 피었다'를 두고 수많은 고민을 했노라고 고백했다.

오스카 와일드도 그 비슷한 이야기를 했다.

"오전 내내 내가 쓴 시 한 편의 교정을 보면서 쉼표 하나를 떼어냈다. 오후에 나는 쉼표를 다시 붙였다."

퇴고를 할 때는 여기서 멈추어야 할지 좀 더 손을 봐야 할지를 결정해야 한다. 당신이 지금 출판사에 넘겨야 할 원고가 있다면 더욱 그런 판단이 필요할 것이다. 망설이면 망설일수록 글을 쓰는 자신도 지친다. 글을 쓸 때는 일단 빠르게 선택하여 그대로 치고 나가라.

연애하면서 진도를 더 나갈까 말까 망설이는 남자는 결국 여자를 놓치고 만다. 글쓰기도 매한가지다. 필력은 쓰면서 늘기 때문에 일단 써야 한다. 망설일 시간이 없다. 그런 다음 퇴고를 할 때는 신중하지만 결단력을 발휘하라. 글을 쓸 때 작가가 결정해야 할 것은 수없이 많다. 순간순간 문장이나 단어를 선택하거나 주장을 뒷받침할 근거 사례를 찾는 것 등 작가의 판단과 결정 없이 저절로 되는 일은 하나도 없다. 그럴 때마다 이럴까 저럴까 망설이다 보면 진척은 없고 쓰다 지우기만 반복될 뿐이다.

그리고 중요한 것은 자신의 선택에 만족하는 것이다. 우유부단해지는 가장 큰 이유는 지금 한 선택을 나중에 후회하게 될까 봐 이러지도 저러지도 못하기 때문이다. 하지만 누군들 나중 일을 알고 살아가겠는가. 그리고 지금 이 선택이 최고의 선택일 수도 있지 않은가. 걱정하기보다는 자신의 선택을 믿자. 글을 쓰는 내내 판단하고

결정해야 할 것은 산더미처럼 많다. 그러니 우유부단하게 굴다가
는 그 밑에 깔리게 될지도 모른다. 결정을 미루지 마라. 글을 쓰는
순간만큼은 무림 고수가 칼을 다루듯 날카로워야 한다.

02

늘 밀당질하는 남자처럼 갈팡질팡하는 글

대학 다닐 때 한 친구 얘기다. 그녀는 중 · 고등학교까지 여학교만 다녔고 집에도 남자가 없었다. 그래서 남자를 전혀 모르는 친구였는데, 언제부턴가 좋아하는 사람이 생겼다. 상대는 군대 갔다와 복학한 예비역 선배였다. 친구는 남자를 처음 사귀는 것이었고, 선배는 당연히 연애 경험이 있었다. 대부분 여자의 처음 사귀는 남자에 대한 기대치는 가히 로맨스 소설에 등장하는 주인공 수준이다. 친구 또한 마찬가지였다. 덕분에 그 처절한 연애 스토리를 들어주느라 나를 비롯한 동기 여자친구들은 술깨나 마셔댔다.

어느 날 친구가 또 울며불며 하소연을 시작했다. 선배의 마음을 확실히 알 수가 없다는 것이다. 그 증거로, 자기가 옆에 있어도 선배는 지나가는 여자의 종아리나 몸을 대놓고 쳐다본다는 것이다. 자기를 사랑한다면서 어떻게 그럴 수 있느냐는 얘기다. 그때 우리 또한 남자 연구를 막 시작한 터였다. 그래서 그것이 남자들의 아주 정상적이고 일반적인 행태라는 걸 몰랐기에 같이 흥분하며 선배 흉을 실컷 봤다. 결국 그 둘은 깨졌다. 하지만 그 선배가 이상한 게 아니라 지극히 정상임을 알게 되기까지는 그리 오랜 시간이 걸리지 않았다.

한의학 사상체질에서는 소양인에 속하는 남자들이 여자가 옆에 있어도 다른 여자에게 한눈을 판다고 한다. 하지만 정확히 얘기하자면 그건 체질 문제와는 큰 상관이 없다. 모든 남자가 마치 자기들만의 특권인 것처럼 끊임없이 곁눈질을 한다. 남자들은 길을 걷다가 야한 옷차림의 여자가 지나가면 180도로 고개를 돌리는 묘기를 부린다. 그러다 옆에서 같이 걷던 여자친구나 아내가 슬쩍 눈치라도 주면 펄쩍 뛰며 변명한다.

"보긴 뭘 봐? 저기 저 건물 봤어! 저 건물 비싸 보이지 않냐?"

이런 변명은 그래도 애교다. 잠깐이나마 여자가 기분 나쁠 수 있다는 것을 이해하지 못하고 도리어 화를 내는 못난 남자도 있다. 차라리 그냥 쿨하게 "그래, 봤다. 짧은 순간 내 본능이 나도 모르게 반응했다. 미안하다"고 하는 게 훨씬 멋지다.

내가 아는 사람은 남편과 바닷가로 휴가를 갈 때면 아주 짙은 선글라스를 쓰라고 한단다. 바닷가의 수많은 비키니를 자유롭게 곁눈질하라는 배려이자 남편의 시선이 가는 방향을 자신이 알고 싶지 않아서이기도 하단다. 심리학적 이론을 들춰봐도, 남자들의 변명을 들어봐도 정말 이건 어쩔 수 없는 본능이라 한다. 100명의 남자가 있으면 100명 모두 지나가는 여자를 쳐다본다. 남자들은 자신의 종족을 번식시키기 위해 옛날 원시 시대부터 여자를 찾아 헤맸고, 결국 현대까지도 아무 의미 없는 고개돌림을 지속하는 것이다.

그렇다면 여자들은 지나가는 남자를 쳐다보지 않는가? 당연히 여자들도 쳐다본다. 만약 100명의 여자가 있다면 집안에 우환이 있어서 괴로움에 빠진 여자를 빼고 95명의 여자는 지나가는 남자를 쳐다본다. 단, 여자들은 지나가는 남자가 장동건이나 원빈 정도로 자체발광을 해줘야 쳐다본다. 반면 남자들은 웬만하면 자동으로 고개가 돌아간다. 미모가 뛰어나고 아니고는 별 상관이 없다. 예쁜 여자에게 좀 더 오래 시선을 준다는 차이는 있겠지만. 정말 못생긴 여자라도 미니스커트를 입었다면 남자들은 즉각 반응한다.

재미있는 것은 여자가 아무리 지나가는 남자들을 쳐다봐도 절대 싸움이 일어나지 않는다는 사실이다. 남자들은 자기 여자가 지나가는 남자들을 아무리 쳐다봐도 화내지 않는다. 남자들이 너그러워서일까? 천만에! 자기들도 지나가는 여자를 쳐다보느라 자기 여자가 한눈을 파는지 모르기 때문이다.

한눈파는 것은 남자들의 본성이라고 이쯤에서 정리하도록 하자. 그런데 진짜 여자를 속 터지게 하는 남자는 지나가는 여자를 힐끗거리는 것보다 직장을 자주 옮기는 남자다. 사장이 맘에 안 들어서, 일을 너무 늦게까지 시켜서, 월급이 적어서 등 그만두는 이유도 참 가지가지다. 이런 남자들이 그다음에 보이는 모습은 자신은 직장 체질이 아니라며 부동산을 해볼까, 도매업을 해볼까 기웃거리는 것이다. 하지만 궁리만 많고 행동은 없다. 늘 갈팡질팡하는 남편을 두고 보는 여자의 속은 이미 너덜너덜해진 지 오래다.

글쓰기도 이렇게 어느 한 곳에 머무르지 못하고 갈팡질팡해서는 좋은 결과물이 나올 수가 없다. 하나의 주장을 잘 이끌어놓고도 곧바로 다른 주장을 편다면 독자도 덩달아 오락가락하게 된다. 도대체 저자가 무엇을 말하고 싶은 것인지 알 수 없기 때문이다. 글에서만큼은 이 여자 저 여자에게 한눈팔며 왔다갔다하는 남자처럼 굴어서는 안 된다. 진실한 남자는 한 여자에게 최선을 다하는 남자다. 결국 충실함이란 집중과 성실의 문제다. 한눈도 적당히 팔아야지 옆에 있던 자기 여자가 어디 갔는지도 모를 정도로 팔다가는 홀로 남게 된다. 잠깐 한눈을 팔아도 옆의 여자에게 집중한다면 적어도 외롭진 않을 것이다.

하고 싶은 이야기가 있다면 그 이야기에만 충실해야 한다. 그래야 독자는 집중할 수 있다. 마치 열렬한 열애를 하고 있는 남자처럼 당신의 글에 집중하는 것이다. 독자를 집중시킬 수 있도록 모든 이야기는 하나의 주제로 이어져 있어야 한다. 그래야 독자가 글에 집중할수록 작가의 의도를 더 잘 이해할 것이고, 좋은 글이라는 느낌을 받게 된다. 가끔 보면 초반의 이야기와 다른 결론을 내리거나 맞지 않는 사례를 든 글이 있다. 그런 글을 읽는 독자는 마치 내 남자가 다른 여자의 뒤꽁무니에 시선을 고정한 걸 볼 때처럼 엄청난 실망감을 느낀다.

다음의 글은 《일반인을 위한 글쓰기 정석》에 나오는 예시다.

"대기오염은 인구 증가, 도시 집중, 공업발달, 에너지 개발 등이 근본 원인이 되고 있다. 구체적으로는 석유, 휘발유 등 화석연료의 사용, 특히 대규모 공장의 산업 활동에서 일어나는 매연이 큰 부분을 차지한다. 따라서 대기오염을 줄이기 위해서는 무엇보다 에너지 사용을 줄여나가야 한다.

그러나 현대 사회에서는 대기오염을 피하기 어렵다. 산업을 발달시키기 위해서는 에너지 사용이 계속 늘어날 수밖에 없다. 에너지 소비를 줄이고 공장 등의 매연을 최소화해야 하지만 그렇다고 차를 끌고 다니지 않을 수도 없고, 공장을 가동하지 않을 수도 없는 일이다."

이 글은 처음 단락은 에너지 사용을 줄여야 한다고 말했지만 그 다음 단락에서는 에너지 사용을 줄이는 것은 어렵다고 쓰고 있다. 두 단락에 일관성이 없다. 이렇게 왔다갔다하는 글은 독자의 이해와 판단력을 떨어뜨리고 설득하지도 못한다. 대개 글을 읽기 시작하는 이유는 자기 생각과 같거나 흥미를 끌기 때문이다. 그런데 읽다 보니 처음 하던 이야기와는 다른 방향으로 흘러간다거나 전혀 다른 이야기로 빠져버린다면 어떻게 되겠는가. 독자는 갑자기 길을 잃어버린 것처럼 헤매게 될 것이다. 독자가 글에 집중하느냐 아니냐는 작가에게 달려 있다.

독자를 집중시키기 위해 가장 중요한 건 잘 버려야 한다는 것이다. 통일성을 유지하기 위해 관련이 없는 문장이나 인용문도 과감히 잘라내야 한다. 그리고 이런 작업은 글을 쓰는 과정에서 하는 것이 좋다. 일단 이것저것 다 쓰고 나중에 퇴고할 때 해야지 하고 생각하는 사람도 있는데, 실제 퇴고를 하다 보면 생각보다 버릴 것이 많아서 난감해질 것이다. 그러므로 글을 쓰는 중간중간 주제에 맞는지 따져보면서 선택하여 쓰는 게 좋다. 지금 쓰고 있는 이야기가 본래의 주제에 어긋나지는 않는지, 내가 이야기에서 끌어내고 싶은 진실이 무엇인지 늘 염두에 두어야 한다. 글쓰기는 사랑방에서 수다 떠는 일이 아니다. 생각나는 대로 쏟아내면 되는 말이 아니란 얘기다.

드물지만 마치 글을 쓰는 것처럼 논리적으로 말하는 사람들도 있다. 이런 사람들은 대개 작가인데, 말도 무척 천천히 하는 편이다. 논리적으로 먼저 정리하고 하려다 보니 당연히 말이 느려진다.

《글쓰기 생각쓰기》에는 이런 구절이 나온다.

> "좋은 글은 하나같이 독자에게 한 번도 해보지 못했던 흥미진진한 생각 하나를 던진다. 두 가지나 다섯 가지가 아니라 단 하나의 생각이다. 그러므로 독자의 마음에 어떤 점 하나를 남길 것인지 결정해야 한다. 그러면 여러분이 어떤 길을 따라가야 할지, 그리고 어떤 목적지에 도달해야 할지 더 잘 판단할 수 있을 것이다."

글쓰기는 하나의 주제로 이어지는 이야기다. 그러기 위해선 작가가 글을 쓰는 의도를 정확히 파악하고 있어야 한다. 그래야 주제에 맞는 얘깃거리와 주장을 뒷받침할 근거도 제시할 수 있기 때문이다. 이리저리 한눈파는 남자처럼 쓰지 말자. 독자에게 무슨 이야기를 하고 싶은 것인지를 쓰면서도 항상 생각하고 되새겨야 한다. 그래야 설령 이야기가 다른 방향으로 빠지더라도 금방 알아차릴 수 있다.

그리고 또 하나 기억해야 할 것은, 주제와는 벗어난 이야기인데 마음에 쏙 드는 구절이 있다면 쓰레기통에 집어던지지 말라는 것이다. 당신이 쓴 작은 단상 하나, 짧은 글 하나도 버리지 말고 모아 두어라. 그냥 모아놓기만 해서는 안 되고, 정리하여 분류해두면 나중에 쓰일 곳이 생긴다. 사실 이것이 글쓰기다. 이렇게 반복되는 과정이 실력을 키우고 일관성을 유지하게 한다.

글을 쓸 때는 마치 비슷한 색깔을 모으는 것처럼 주제와 관련된 것만 담아라. 파란색의 이야기를 쓰다가 갑자기 노랑 이야기를 하고 빨강을 끌어들이면, 눈에 띌지는 모르나 통일성이 없어진다. 파란색 이야기를 쓰고 싶으면 파르스름하거나 새파랗거나 시퍼런 이야기만 해라. 당신이 쓰고 있는 그 한 가지 색깔에만 집중해라.

03

감성이 없는 남자처럼 메마른 글

● "자기야, 비가 와."

"우산 있어."

"…."

우산 있느냐고 물은 게 아니었는데 참 건조하다.

"자기야, 눈이 와."

"우산 있어."

"…."

이번에도 우산이 있는지 궁금한 게 아니었다.

"자기야, 세상에! 돌덩이만 한 우박이 쏟아져."

"우산 있어."

이젠 정말 이 남자를 저 우박 속에 던져버리고 싶다.

이 남자는 우리나라에 사계절이 있고, 계절이 바뀔 때마다 눈이 오거나 비가 오고 어떤 때는 꽃눈이 흩날린다는 것을 알고는 있는 걸까? 감성이라고는 약에 쓸래도 없는 건조한 이 남자는 하품할 때 외에는 눈물도 보이지 않는다. 그의 이런 무덤덤함에 마주칠 때면 모래바람만 불어대는 사막에 서 있는 선인장이 떠오른다. 그래도 선인장이 사막에서 살 수 있는 것은 그 안에 물기가 있기 때문이다. 하지만 이 남자는 사막처럼 삭막한 인생에서 버틸 수 있는 촉촉한 물기를 도대체 어디에 저장해두고 사는 것일까?

이런 모래사막 같은 남자보단 오아시스처럼 감성이 흐르는 남자가 좋다. 벚꽃잎이 눈처럼 날리는 그 밤을 같이 걸어주는 남자가 좋고, 빗속을 뚫고 나를 찾아와 함께 음악을 들어주는 남자가 좋다. 이런 남자와 함께 있으면 마음이 촉촉해진다. 삶이 영화가 된다.

글도 감성이 흐르는 글이 좋다. 감성이 넘치는 글을 읽고 나면 부장님의 퍽퍽한 말투도 잠시 견딜만 해진다. 감성마을 추장 이외수는 감성이 흐르는 글을 쓰기로 유명하다. 그의 감성적인 글은 많은 사람의 마음을 적셔준다. 팍팍한 인생살이에 마음을 기댈 수 있는 한줄기 빛 같은 글에 우리의 고단한 마음이 젖어든다.

그의 에세이처럼 감성이 흘러내리지는 않지만, 알랭 드 보통의 글에서도 감성적이라는 느낌을 받는다. 어려운 철학적 배경지식을 풀어놓았는데도 전혀 지루하지 않다. 《여행의 기술》이나 《불안》을 보면 그가 날카로운 지성과 함께 감성도 갖춘 남자라는 것을 알 수 있는 표현이 많다.

아무리 실용서라고 해도 딱딱한 정보로만 가득 채우면 오랫동안 독자의 사랑을 받기 어렵다. 실용적인 정보를 주면서도 감성이 흐른다면 논리와 감성이 조화된 최고의 글이 나온다.

한 남자가 있다. 이 남자는 겉으로 보이는 모습은 딱딱함 그 자체라 할 만하다. 얼마나 무뚝뚝하고 냉정한지 찔러 피 한 방울 안 나올 것 같다. 남자는 평생 세 번 운다는 말을 신조로 삼았는지 눈물 따윈 절대 흘리지 않을 것 같기도 하다. 여자는 그 남자가 자기를 좋아하기는 하는 건지 알 수가 없다. 만나도 말이 별로 없고 무엇에 대해서건 감정을 드러내는 법이 없으니 하물며 '사랑해' 소리야 말해 무엇하겠는가 말이다. 여자는 만남이 이어질수록 남자가 마음에서 자꾸 멀어져감을 느끼고 있었다. 급기야는 이제 그만 헤어져야겠다고 생각했다.

차마 말을 못 꺼내고 며칠을 고민만 하던 여자가 어느 날, 헤어지자고 말했다. 그랬더니 놀라운 일이 벌어졌다. 그 바윗덩어리 같은 남자가 눈물을 뚝뚝 흘리는 것이다. 그러면서 몹시 어렵게, 얼마나 사랑하는지 고백하면서 절대 헤어질 수 없다는 것이다. 한번 생각해보라. 여자가 흔들리겠는가, 안 흔들리겠는가. 수시로 사랑한다고 표현하는 남자보다 얼마나 더 크게 와 닿겠는가.

이런 것이다. 냉철하고 논리적이기만 할 것 같은 남자가 뜻밖에 감성적이고 마음이 약하다는 것을 알게 되니 마음이 살짝 흔들린다. 남자에게 새로운 면을 발견했기 때문이리라.

그래도 여전히 대부분의 남자는 감성적이기보다는 이성적이고 논리적이다. 지식정보화사회가 되면서 모든 분야에서 감성이 주목받게 되자, 남자들도 감성을 배워야 했다. 감성마케팅이란 말이 나오고, 남자의 이성적이고 논리적이기만 한 일처리는 소통을 방해한다고 지적받고 있다. 게다가 우리 뇌에서 가장 중요한 사항들을 결정할 때 대부분 이성적인 영역이 아니라 감성적인 영역에서 담당한다는 과학적인 연구결과까지 나왔다. 남자들이 소통에 미숙하고 그래서 대화를 이끌어가길 어려워한다는 점은 이제 극복해야 할 과제가 되었다.

이와 관련된 재미있는 유머도 유행이다.

알라딘이 요술램프를 문지르자 지니가 나왔다.
"주인님, 소원을 말씀하십시오."
알라딘이 말했다.

"태평양에 대륙을 잇는 다리를 만들어줘."

그러자 지니가 화를 내며 말했다.

"아니, 내가 무려 천 년을 이 작은 램프에 갇혀 있다 나왔는데 그렇게 힘든 일을 부탁하면 어떡해!"

그래서 알라딘이 다시 말했다.

"아, 미안해. 그럼, 그 대신 여자들과 대화하는 법을 알려줘."

그러자 지니가 땅이 꺼지도록 한숨을 내쉬며 말했다.

"아까 그 다리 말이야. 이차선이야, 사차선이야?"

남자들은 여자와 대화하는 것을 이토록 어려워한다는 것인데 이쯤 되면 남자들로서는 산업사회에서 지식정보화사회로 변화하는 것이 달갑지만은 않을 수도 있겠다. 하지만 남자들의 특징인 이런 논리적인 면이 글쓰기에서는 반드시 필요하다.

모든 글쓰기는 기본적으로 논리적인 기본 구조를 갖추고 쓰여야 한다. 글은 음악이나 그림처럼 감각적으로 받아들이는 것이 아니라 두뇌를 사용하는 인식 활동이기 때문에 논리적인 구조가 없으면 그냥 낙서에 불과할 뿐이다. 하지만 학위논문이 아닌 이상 처음부터 끝까지 논리적이기만 한 글을 찾아서 읽을 사람은 없다. 논문이나 제품 사용설명서를 쓸 것이 아니라면 글쓰기에는 논리적인 것과 더불어 하나가 더 있어야 한다. 바로 감성이다. 논리가 글의 뼈대를 만드는 것이라면 감성은 글의 살을 만드는 것과 같다. 앞서도 말했듯이 가장 좋은 글은 감동을 주는 글이다. 감동을 주려면 논리만으로는 안 된다. 감성이 담겨야 감동으로 가는 길이 트인다.

남자들 중에 감성이 풍부한 남자도 많다. 요즘 뜨는 남자들 중에서 찾아볼 수 있는데 특히, 디자인이나 음악처럼 창의적인 직업을 가진 이들 중에 많다. 이루마의 〈river flows in you〉 같은 피아노 곡을 들으면 그대로 내 안에도 강이 흐를 것 같은 생각이 든다. 그룹 부활의 리더 김태원의 음악도 록이지만 감성적이다. 그의 음악이 사람들에게 오래도록 기억되는 데는 감성적인 가사가 한몫한다. 감성이 흐르는 음악은 사람들의 마음을 적셔준다.

그래서 여자들이 좋아하는 남자는 게이라는 얘기도 있다. 남자의 논리적이고 이성적인 특성이 있으면서도 감성을 아는 게이가 딱이라는 말이다. 뭐든 하나만 있으면 빈약하다. 그리고 이 말은 반대로 뒤집으면 너무 감성적이기만 해도 곤란하다는 뜻이다. 논리적이면서도 감성이 있는 남자! 정말 멋있지 않은가?

〈일곱 가지 유혹〉이라는 영화가 있다. 주인공 남자는 짝사랑하는 여자의 마음에 들고 싶어 악마에게 영혼을 팔고, 원하는 대로 일곱 가지 멋진 남자로 변할 기회를 얻는다. 주인공 남자는 좋아하는 여자가 시를 좋아한다는 것을 알고 가장 먼저 감성적인 남자로 변했다. 처음엔 남자가 바라던 대로 여자가 호감을 나타내며 좋아했다.

하지만 결과는 처참했다. 노을만 봐도 울고, 꽃만 봐도 울어버리는 남자의 수도꼭지 감성에 여자가 질려서 떠나버린 것이다. 영화라서 과장된 부분이 있지만 지나치게 감성적이기만 한 것도 좋은 건 아님을 누구나 공감할 것이다. 글도 마찬가지다. 논리적인 글 안에서 감성적인 물이 흐르도록 쓰여야 좋은 글이다.

무뚝뚝하고 이성적이기만 한 남자의 눈물에 여자가 흔들릴 수 있다. 상반되는 두 가지가 어우러질 때 묘한 매력이 생기는 법이니까. 멍해 보였는데 알고 보니 아주 해박한 지식의 소유자라든가 아니면 완벽해 보였는데 뜻밖에 빈 구석이 많은 헛똑똑이임을 알게 되었을 때 호감이 생기지 않던가. 오로지 성스러울 것만 같은 마더 테레사 수녀의 편지 속에도 지극히 인간적인 고뇌가 담겨 있다. 너무도 가난하고 비참하게 사는 사람들의 불행을 보면서 세상에 과연 신이 있는 것인지 모르겠다 했던 대목 말이다. 성녀라고만 생각했던 테레사 수녀의 인간적인 모습은, 그런 고뇌가 엿보이니 더 위대해 보인다.

사람도 사물도 모두 양면성이 있다. 완벽한 것은 세상에 존재하지 않는다. 완벽을 요구하는 것은 오로지 종교 교리밖에 없다. 그래서 조화롭다는 것은 하나의 면이 아닌 두 가지 이상의 것들이 어우러져 있을 때를 말한다.

글쓰기도 하나에 치우치지 않는 조화로움이 있어야 한다. 실용서라고 해서 오로지 실용적인 정보나 논리적인 지식만 가득하다면 아마 끝까지 읽는 사람이 많지 않을 것이다. 반면 마치 노인네의 신세 한탄처럼 오로지 감정적이고 감상적인 이야기만 늘어놓아도 끝까지 읽기 싫을 것이다. 좋은 글이란 논리적이면서도 감성이 흐르는 글이다. 논리적인 토대 위에 감성이 깃들어 있을 때나 감성적인 흐름에 논리적인 근거가 있을 때 훨씬 설득력 있고 게다가 매력적이다. 논리의 대지에 감성이 강물처럼 흐르는 글이 사람의 마음을 적셔준다.

심심한 남자처럼 따분한 글

주말이다. 남편은 늘 하던 대로 침대와 한몸이 되어 일어날 생각도 없어 보인다. 늘 하던 대로 아이들만 데리고 나갈까 하다가 여자는 오늘은 안 되겠다 싶다.

"자기야, 일어나 봐. 오늘은 우리랑 같이 나가자, 응?"

"나 정말 피곤해. 그냥 집에 있을래. 애들하고 갔다 와."

이 말을 끝으로 남편은 더 대꾸도 없이 다시 잠들어버린다.

다시 또 주말이다. 남편은 오늘도 침대에 들러붙어서 말한다.

"애들이랑 갔다 와."

여자는 끝내 화가 치민다.

"도대체 자긴 왜 그래? 그렇게 집에만 있고 싶어?"

"내가 왜 집에만 있냐? 회사도 다니는데."

여자는 남편의 대답에 약이 올라 소리쳤다.

"그걸 지금 말이라고 해?"

쉬는 날이면 침대나 소파를 벗어나지 못하는 지루한 남편 때문에 여자는 울화가 치민다. 여자는 여전히 침대에 고정된 남편을 향해 소리쳤다.

"완전히 속았어. 아마 우리나라에서 아니, 세계에서 당신처럼 지루하고 심심한 남자는 없을 거야! 아유, 속 터져!"

그러자 남편이 거북이처럼 대답했다.

"심심하면 소금 쳐."

어쩜 받아치는 말조차 저렇게 신선함이라곤 없는지. 진짜 소금을 쳐서라도 맛있는 남편으로 만들고 싶다.

여자는 오백 년 묵은 거북이 같은 남편이 답답하다. 연애할 땐 이정도일 줄은 까맣게 몰랐다. 근데 생각해보니 결혼 전 나의 판단력으로 이 사실을 미리 알기엔 불가능했을 듯하다.

가장 친한 친구가 결혼한다는 소식을 전했다. 사귄 지 얼마 되지 않았을 때여서 아직 인사를 나눈 적이 없던 터라 같이 만나기로 했다. 만나보니 얼굴은 그저 그랬지만, 직장도 좋고 괜찮은 남자 같앉다. 근데 왠지 이야기가 길어질수록 좀 지루했다. 처음 만나는 사람은 모든 정보가 새로운 것이기에 웬만해선 지루해지지 않을 텐데 말이다. 마치 지루한 강의를 들을 때처럼 언제 집에 가나 하는 생각만 들게 한다고 해야 하나.

아무튼 가만히 그 남자의 이야기를 듣고 있자니 이유를 알 것 같았다. 목소리가 좋긴 한데 낮은 도 음을 유지하고 말을 해서 마치 불경 외는 것 같았고, 게다가 같은 이야기도 참 재미없게 했다. 같은 유머라도 누가 하느냐에 따라 빵 터지기도 하고 전혀 재미없는 이야기가 돼버리지 않는가. 겉으로는 잘 듣고 있는 척했지만 자꾸 딴생각만 들고 집중이 잘 되지 않았다. 그런데 옆을 보니 내 친구는 재미있어 죽겠다는 표정으로 남자의 이야기를 다 들어주고 있지 않은가.

나중에 내가 물었다.

"얘! 그 남자 어디가 그렇게 좋으니?"

"응? 그냥 전부 다."

이럴 수가. 이래서 제 눈에 안경이란 말이 나온 거다.

"그럼 하나만 물어보자. 넌 그 사람 말하는 거 들으면 안 졸리니?"

"어? 왜 졸려? 너 졸리든? 그래도 네 남편보단 재밌거든."

그래, 하긴 내가 처음 남편을 인사시켰을 때 얘도 똑같이 물었었다. "너는 저 남자 어디가 그렇게 좋으니?"라고.

지금은 둘이 만나면 자기 남편의 지루하고 답답한 모습을 흉보느라 열변을 토하다가 서로 마주 보고 웃어버리게 된다. 그때는 우리 둘 다 눈에 콩깍지가 씌었을 때니까 하면서.

　하지만 독자의 눈에는 콩깍지가 없다. 그러니 밋밋하고 지루한 남자처럼 쓴 글엔 눈길조차 주지 않는다. 마치 반복되는 한 가지 음만 듣는 것 같은 단조로운 글은 재미도 없고 작가가 전달하고자 하는 의도도 드러나지 않는다.

　지루한 글은 심심한 남자처럼 하품만 나오게 한다. 아무리 좋은 내용이라도 중간에 내용이 늘어지거나 반복된다면 금세 지루해지고 만다. 사람들은 자신이 좋아하는 분야의 책은 더 재미있게 읽기 마련이지만, 아무리 관심 있는 분야라도 지루하게 쓰인 책은 다 읽으려면 시간이 오래 걸린다. 그리고 대부분 어려운 책이 그럴 거라고 생각하는데 꼭 그렇지도 않다. 전문적인 내용이 가득해서 어려워 보이는 책도 쉽고 재밌게 읽히는 책이 될 수 있다. 다루는 주제나 소재의 문제가 아니라 작가가 어떻게 쓰느냐에 달려 있다.

　지루한 글의 특징은 호흡이 길다. 한 문장의 길이가 세 줄이나 된다면 읽기에 편한 글이 아니다. 그런 문장만으로 계속된다고 생각해보라. 그런 글은 기어이 수면제가 되고 만다. 중간에 대화체도 없고 그렇다고 수식어로 묘사를 한 부분도 없이 처음부터 끝까지 설명만 해댄다면 얼마나 지루하겠는가. 마치 아무 굴곡도 없는 길을 걷는 것과 같을 것이다. 길을 걷거나 산책을 나가는 이유가 뭔가. 길가의 꽃도 보고 나무도 보고 살랑거리는 바람도 느끼고, 그러려는 것 아니겠는가.

어른들이 아이들에게 하는 말은 사실 대부분 교훈적인 내용이다. 하지만 아이들에게는 그게 다 잔소리나 훈계로만 들린다. 마찬가지로 처음부터 끝까지 교훈적인 이야기만 늘어놓는 글은 독자에게 잔소리로만 들리기 십상이다. 내가 하고 싶은 이야기일지라도 아이들이 듣고 싶어하는 이야기를 섞어서 해야 더 잘 받아들인다. 학창 시절 지루하긴커녕 수업시간이 짧게 느껴지던 때는 선생님이 첫사랑 이야기를 들려줄 때 아니었나. 읽다가 졸린 글은 술 마시고 늦게 들어온 남편의 주사처럼 자기 말만 계속하는 글이다. 그러니 당신이 꼭 하고 싶은 이야기와 독자가 재미있게 읽을 수 있는 이야기를 함께 해라. 당신이 하고 싶은 이야기와 독자가 듣고 싶어하는 이야기가 다를 수 있다는 사실을 항상 기억하면서 쓰자.

지루하기로 치면 결혼식 주례만 한 것도 없다. 왜일까? 주례사의 내용이 어떨 것인지 대부분 알기 때문이다. 내용이 조금은 다를 수 있지만 주제는 모두 같다는 것을 이미 경험으로 안다. 더러는 박수갈채를 받으며 환호 속에 진행되는 주례사도 있는데, 사람들이 한 번도 들어보지 못한 이야기를 할 때다. 사람들은 새로운 이야기를 원한다.

글이 지루하지 않도록 생동감을 주려면 문장의 길이를 다르게 하는 게 좋다. 이런 글은 읽는 사람에게 리듬감을 주어 글을 읽는 데 재미를 느끼게 한다. 이렇게 글에 다양한 요소를 갖추어야 한다.

문체도 서술로만 이루어지면 지루해지므로 중간에 대화체도 넣는 게 좋다. 그러면 훨씬 생동감이 있어진다. 특히 작가의 경험이나 사례에서 대화체를 적절히 활용하면 무척 효과적이다. 사례를 들 때는 이야기를 한 사람이 직접 말하게 하는 게 좋다. 누구에게 전해 들은 이야깃거리라도 당사자를 등장시켜 그 사람이 말하게 하자. 작가가 모두 말하지 말고 그들을 등장시켜야 한다. 인용구도 마찬가지다. 어느 유명인이 한 말을 저자가 정리해서 설명하면 임팩트가 없다. 따옴표를 잘 활용하면 글이 훨씬 다채로워진다.

또, 다양한 단어를 구사하는 것도 중요하다. 같은 의미라도 다른 단어를 쓰면 반복적이지 않아 지루함을 줄일 수 있다. 처음 글을 쓰는 사람들이 흔히 하는 실수가 내내 같은 어미로 문장을 끝내는 것이다. 문장의 어미에도 변화를 주자. 어미만 다양하게 살려도 글에 한층 생기가 돈다.

지루한 남자들의 공통점은 생기가 없다는 것이다. 좋게 보면 점잖기는 하지만 오래 옆에 있다 보면 존재감마저 없어진다. 지루한 글도 읽다 보면 하품만 나오고, 결국엔 베개가 되고 만다. 반면 지루하지 않은 남자는 활동적이고 생기가 있다. 늘 일을 벌이므로 때로 그것이 지나쳐 정서 불안으로 비치기도 하지만 아무튼 지루할 틈은 없다. 날마다 이벤트 중인 남자, 귀찮을지는 몰라도 살아 있다는 생각은 들게 한다.

글쓰기 또한 생기 있게 좀 더 동적으로 보이기 위해서는 다양한 단어를 구사하고 다양한 표현을 사용해라. 그래야 살아 있는 글이 된다. 펄떡펄떡 살아 있는 글은 독자의 마음을 두드리고 정신을 일깨운다. 적어도 당신의 글이 베개가 되지 않도록, 책꽂이의 눈에 가장 잘 띄는 자리를 차지하는 소장용이 되도록 문장 하나도 치열하게 고민해라.

05

무능한 남자처럼 탄탄하지 않은 글

● 7년 전, 처음 만났을 때 남자는 정말 멋졌다. 외모 역시 어디에 내놓아도 빠지지 않을 수준이었지만, 여자를 사로잡은 것은 무엇보다 그의 경제적 배경이었다. 남자는 집안이 좋아 물려받을 유산이 있었고, 직장도 철밥통은 아니지만 정년까지는 거뜬해 보이는 좋은 곳이었다. 그는 한마디로 조건을 제대로 갖춘 남자였다.

하지만 지금 남편이 되어 옆에 있는 이 남자는 이전의 화려한 시절을 고스란히 날려버린 경제적 패잔병이다. 결혼을 하자 남편은 자신의 경제적 배경만 믿고 그 좋은 직장을 때려치우고 사업을 시작했다. 사업은 항상 거창하게 시작해서 거창하게 망했다. 회복 불능의 경제 상태가 된 남편은 이제 방바닥에 누워 하염없이 엑스레이만 찍고 있다. 그가 천장을 보며 하는 말은 항상 똑같다.

"운이 없었던 거야, 운이. 그게 아니면 실패할 이유가 없었다고."

하지만 여자가 보기에 남편의 실패에는 분명한 이유가 있었다. 남편은 전혀 계획적이지 않았다. 마음에 드는 아이템이 있으면 무작정 뛰어들어 일을 벌였다. 아무런 준비나 계획이 없는 사업은 매번 속전속결로 무너졌다. 대책 없는 추진력은 실패의 지름길이라는 것을 그만 모르는 듯했다. 게다가 그로 말미암은 패배의식이 남자를 진짜 무능력자로 만들어가고 있었다.

경제상황이 힘들어지자 여자가 직장 생활을 시작했다. 기혼녀의 재취업이 얼마나 힘든지를 절감하며 직장을 다니던 여자에게 한 가지 소식이 전해졌다. 젊은 시절 여자를 따라다니던 선배가 공기업 임원으로 승진했다는 것이다. 여자를 따라다니던 그때의 선배는 너무 돈이 없었다. 집안도 가난했고, 다니는 직장도 작은 기업이어서 비전이 없어 보였다. 여자는 당연히 이 남자를 차버리고, 지금의 남편과 결혼했다.

하지만 인생사 새옹지마라더니 여자가 버린 그 남자는 번듯한 회사의 임원이 된 반면 여자의 남편은 날마다 집에서 신세 한탄에 바쁘다. 순간의 선택이 평생을 좌우한다지만 그토록 능력 있어 보이던 남편이 이렇게까지 무너질 줄 예상이나 했겠는가. 의도치 않게 가정적이 된 남편을 보며 여자는 시간이 지날수록 조금씩 지쳐갔다. 이렇게 무능한 남자는 여자 허리를 휘게 한다. 요즘엔 남자의 경제적인 무능이 결별사유 1위를 차지한다. 결국 이야기 속 여자도 더 나이 들어 진짜 허리가 부러지기 전에 이별을 결정했다.

글쓰기에도 무능한 글이 있다. 탄탄한 얼개가 없고 토대도 튼튼하지 않은 글이 바로 무능한 글이다. 글쓰기에서 토대란 목차를 짜서 글의 내용을 미리 구성하는 것이다. 흔히 이것을 얼개를 짠다고 하는데, 전달하고자 하는 주제를 어떤 소재와 순서로 써나갈 것인지 미리 틀을 잡는 것을 말한다. 말하자면 글의 설계도다. 어떤 글도 이런 사전 작업을 하지 않고 시작하진 않는다. 물론 오늘 하루 있었던 일을 짧게 기록하는 일기라면 굳이 얼개를 짤 필요가 없을 것이다. 하지만 당신은 짧은 글만 쓸 수는 없다. 그러므로 이 작업이 얼마나 중요한지 항상 기억해야 한다.

모든 작가는 글을 시작하기 전 미리 구성하는 작업을 한다. 그것이 세부적이든 큰 틀만 만드는 것이든 글을 쓰기 전에 반드시 조감도를 펼쳐 책상 위에 올려놓는다. 굳이 따지자면 기막히게 천재적인 작가이거나 수십 년 동안 머릿속에 구상해온 작품이라면 일사천리로 쓸지도 모르겠다. 하지만 당신과 나는 천재가 아니다. 그러니 짧은 수필 한 편이라면 모를까 논픽션인 경우 글의 설계도 없이 쓰기란 불가능하다.

　대개 논픽션은 논리적인 전개 구조 없이는 술술 써내려가기 어렵다. 마치 모차르트가 즉석에서 뚝딱 작곡을 하는 것처럼 즉석에서 장편소설을 써내는 사람은 없다. 사실 따지고 보면 모차르트 또한 이미 머릿속에 음악 이론이나 화성악 이론이 들어 있기 때문에 그렇게 할 수 있는 것이다. 배우지 않은 천재는 없다. 특히 글쓰기는 감각보다는 사고능력을 더 요구한다.

　결국 더 치밀하고 논리적으로 틀을 만들어놓은 글이 탄탄한 구조로 이야기를 끌고 간다. 이렇게 구조를 튼튼하게 짜놓아야 글을 쓰기도 훨씬 수월하다. 어설프게 만들어놓은 목차로 글을 쓰면, 작가 자신도 고생이지만 애꿎게 독자까지 고생시킨다. 그러니 작가는 당연히 구성 능력을 갖춰야 한다.

　이렇게 얼개를 짜놓았을 때 가장 좋은 점은 글의 맥이 끊기지 않는다는 것이다. 시원하게 맥이 흐르는 글에 생기만 부여한다면 그야말로 힘찬 강줄기와 같아진다. 그 도도한 강줄기는 아무도 막지 못한다.

　정민 교수는 《다산선생 지식 경영법》에서 이렇게 정리해준다.

"무슨 일이든 작업에 들어가기 전에 먼저 전체 그림을 그려라. 생각의 뼈대를 세우고, 정보를 교통정리 하라. 뼈대가 제대로 서지 않으면 작업을 진행해나갈 수가 없다. 목차가 정연하지 않으면 생각도 덩달아 왔다 갔다 한다. 목차는 생각의 지도다. 범례는 생각의 나침반이다. 지도와 나침반 없이 먼 항해를 떠날 수 없듯이, 제대로 된 목차와 범례 없이 큰 작업을 효율적으로 진행할 수는 없는 법이다. 먼저 목차를 세워라. 범례를 확정하라."

다산 정약용은 18년의 유배 생활을 하면서도 수많은 저서를 남겼다. 그가 그럴 수 있었던 것은 체계적이고 논리적인 작업절차를 거쳤기 때문이다. 다산 선생은 모든 정보를 분류하고 체계화하여 뼈대를 세웠다. 사실 이 뼈대란 글쓰기뿐 아니라 모든 일에 적용된다.

어린 시절, 시골에서 자란 나는 남자들이 하는 일을 자주 따라 하곤 했다. 하루는 어른들이 비닐하우스를 만드는 걸 보니 참 재미있어 보였다. 그래서 나도 저런 비닐하우스를 만들고 싶다고 떼를 썼고 결국 쓰다 남은 비닐을 얻었다. 마당 옆 작은 텃밭에 비닐하우스를 만들기 시작했는데 비닐만으로는 세워지질 않았다. 작은 비닐하우스를 세우는데도 비닐을 지탱할 뼈대를 먼저 만들어야 한다는 것을 알았다. 당시 지천에 널려 있던 대나무가 아주 좋은 재료였다. 대나무 몇 개로 먼저 틀을 만들고 비닐을 덮으니 드디어 작은 비닐하우스가 완성되었다. 그 안에 채소도 몇 개 심어놓고는 만족스러운 결과에 뿌듯해했었다.

흔히 글쓰기를 집짓기와 비교하기도 하는데 바로 글의 뼈대를 세우는 일이 집 지을 때 기초공사를 하는 것과 같기 때문이다.

사이토 다카시는 《원고지 열 장을 쓰는 힘》에서 이렇게 말했다.

> "글을 구성하기 위해서는 우선 키워드를 찾아서, 각각의 키워드에 대한 요점만을 미리 짧은 문장으로 적어둔다. 그러면 일단 전체를 한눈에 볼 수 있도록 설계도가 만들어진다. 다음으로 그 빈틈을 채워나가듯이 구체적인 자료를 넣는 작업을 한다."

책을 하나 쓰려면 원고지 열 장으로는 어림도 없다. 당신이 책을 내려면 원고지 몇 장을 써야 하는지 잘 생각해보라. 남자의 기초능력이 경제적인 능력이라면 글쓰기의 기초능력은 구성 능력이다. 그런데 이 구성 능력은 그림을 그리는 데도 중요하다. 가만 보면 글쓰기도 그림을 그리는 것과 비슷하다.

예전에 교육방송에서 화가 밥 로스가 진행하는 미술 수업이 있었는데, 그의 그림 시연이 정말 재미있었다. 먼저 밥이 그리는 모든 그림에는 밑그림이 있었다. 그리고 밥은 큰 사물부터 그리기 시작하여 나중에 섬세한 부분을 채우거나 하면서 마무리하였다. 이때 참 신기했던 것이 가장 마지막에 무엇을 그릴지를 처음부터 생각하고 그린다는 점이었다. 밥은 그림을 그려나가면서 나중에 새를 그릴 거라고 하거나, 캠퍼스의 빈 곳을 가리키며 이쯤에 작은 원두막이 생길 거라고 말하곤 했다. 그림이 끝나갈 무렵이 되자 과연 아까 말한 대로 새나 원두막이 나타나곤 했다. 처음부터 미리 철저하게 계산하고 그려나가는 그의 능력이 신기하게만 보였다.

글쓰기도 다르지 않다. 글쓰기도 전체의 밑그림으로 주제를 정하고 그 주제에 맞는 이야기를 써나가야 한다. 글을 쓰기 전에 어디에 무엇을 쓸지 미리 생각해야 한다. 먼저 목차를 구성할 때는 밥 로스처럼 큰 그림부터 그린다. 그렇게 상위 목차를 세우고 나서는 거기 따른 세부 목차를 만든다.

이 모든 것엔 서로 논리적인 연결구도가 있어야 주제에 맞는 흐름이 잡힌다. 글이란 논리적인 바탕이 없으면 무너진다. 논리란 인과관계가 들어맞아야 하는데 그건 즉흥적으로 대응하기 힘든 일이다. 무척 논리적으로 반박하는 사람들도 알고 보면 미리 준비를 해두어서 머릿속에 논리 구조의 틀이 들어 있기 때문이다. 글쓰기는 말을 그대로 옮기는 작업이 아니다. 말과는 달리 논리가 전제되어야 읽는 사람이 이해하기 쉽다. 그러니 논리적으로 튼튼한 얼개를 짜서 탄탄한 글을 쓰자.

06

사소한 것을 놓치는
남자처럼
공감 안 되는 글

● 남편의 생일이었다. 돌배기 어린 아들에게는 고깔모자를 씌우고 벽에는 풍선과 생일 축하 장식까지 붙였다. 남편이 돌아올 시간에 맞추어 케이크에 불을 붙이게끔 만반의 준비를 해놓고 숨소리조차 죽이고 기다리고 있었다.

드디어 그가 돌아왔다! 놀라서 커진 눈과 입, 감격스러운 목소리로 고맙다고 외치는 것…까지는 사실 바라지도 않았다. 평소 덤덤한 성격의 남편 반응을 예상은 했지만 그래도 처음 있는 일이니 환하게 웃어줄 거라 생각했다. 하지만 남편 표정에서는 어떤 감동도, 감흥도 드러나지 않았다. 하다못해 수고했다는 접대용 말조차 없이 평소처럼 밥을 먹고 케이크를 먹었다. 그냥 그걸로 끝이었다.

'이게 뭐야? 그래, 원래 그런 사람이잖아. 그래도 좀 더 격하게 좋아해주면 좋을 텐데…. 하긴 뭘 더 바라겠어, 이 정도로 만족해야지.'

여자는 혼자 중얼거리며 기대에 못 미치는 반응이 아쉬웠지만 그런대로 넘어갔다.

남자는 신혼 초부터 기념일이나 생일을 그냥, 말 그대로 그냥 보냈다. 그는 늘 그날이 그날인, 좋게 말하면 안정적이고 무난하고 성실하지만 조금 욕심을 부려 기대치를 높여보면 소소한 재미가 없는 남자였다.

그리고 오늘은 여자의 생일이다. 첫아이를 낳고 처음 맞는 생일이니 이번만큼은 은근히 기대가 되었다. 남자가 돌아왔다. 그런데 어쩜! 역시나 빈손이었다. 선물이나 꽃은커녕 케이크조차 들려 있지 않았다. 혹시나 했던 여자의 표정이 갑자기 굳어졌고, 낌새를 알아챈 남자가 말했다.

"나가서 외식하려고. 준비됐지? 나가자."

남자는 나름대로 선수를 친 거였지만 이미 물 건너갔다.

"그래도 케이크는 먼저 사 들고 왔어야 하는 거 아냐?"

"어차피 외식하러 갈 거잖아. 가면서 같이 고르자고."

여자는 순간 혹하고 열기가 올라왔다. 누가 케이크 살 줄 몰라서 그러나.

그러자 남편이 다급하게 변명한다.

"아, 내가 사오면 또 왜 이걸로 샀느냐고 할 것 같아서 같이 가서 사려고 그랬지."

하긴 뭐 꼭 틀린 말은 아니다.

'하지만 이건 마음문제고 기분문제다. 퇴근한 남편 손에 케이크나 꽃이 들려 있었으면 하는 그 마음을 몰라주다니. 여자마음 아는 걸 우주 이치 꿰뚫는 것보다 어려워하는 남자를 만난, 그래, 내 탓이다. 요즘엔 이벤트를 해주는 남자들도 많다는데 일 년에 한 번인 아내 생일에 케이크 하나 사 들고 오는 게 그렇게 어려운 일일까? 그것도 올해는 아이를 낳느라고 내가 얼마나 힘들었는데….'

생각할수록 여자는 화가 치민다. 나갈 준비는커녕 싸한 얼굴로 방으로 들어가 버린다. 그래도 눈치는 있는지 남자가 따라 들어오며 말한다.

"미안해."

"뭐가 미안해?"

"어? 그게…. 그냥 다 미안해."

"뭐가 미안한 줄도 모르고 하는 게 진짜 사과야?"

이쯤 되면 남자도 짜증이 좀 나겠지만 최대한 부드럽게 말한다.

"제발 별거 아닌 걸로 그러지 마!"

아뿔싸! 남자는 지금 큰 실수를 한 거다. 여자가 제일 싫어하는 말을 하고 말았다.

여자는 남자가 '별거 아닌'과 '쓸데없는'이라는 말을 할 때 가장 화가 난다. 그럼 남자에게 별것은 뭘까. 이번 야구경기가 몇 시에 하는지 오늘은 어디에서 술을 마실지는 별것이고, 여자가 지금 통화한 사람이 누군지와 시어머니 말투가 약간 이상한 이유를 물으면 그건 별것 아닌 거란 말인가. 남자들이 생각하는 별것과 별것 아닌 것의 기준이 무엇인지는 몰라도 아주 이기적이고 주관적이라는 것만은 확실하다. 아무튼 남자들은 사회 유전학적으로 멀리 있는 사냥감에 눈의 초점을 맞추다 보니 가까이에 있는 물건은 잘 못 찾는다고 한다. 그래서 자기 가까이에 있는 지극히 사소한 여자보다는 사회조직, 또는 집단을 더 중요하게 생각한다. 그러다 보니 남자들은 여자나 가족을 별것 아닌 일로 생각하는 엄청난 오류에 빠지게 되고, 결국 남는 건 고독한 황혼 이혼이다.

글쓰기에서도 사소한 것을 놓치는 남자처럼 쓰면 좋은 글이 아니다. 글은 사소한 것에서도 이야기가 시작된다. 별것도 아닌 일이 재밌는 이야기의 소재가 되는 때가 훨씬 많다.

글을 쓰려는 당신이 소소하고 사소한 일상에서 주어지는 작은 진실을 찾지 못한다면 당신의 글은 많은 이의 공감을 얻지 못할 공산이 크다. 여자들은 대체로 사소한 것을 중요하게 여기는데 그것은 남자와 마찬가지로 여자들 또한 사회적으로 오래전부터 유전되어 온 것이다. 가정을 지키기 위해 집 근처에 있는 사물에 눈의 초점을 맞춰온 것이다. 그래서 여자들은 사소한 몸짓이나 입술이 실룩거리는 것만으로도 상대의 기분이 어떤지 직감한다. 자기 남편에게 다가오는 여자의 사소한 몸짓만 봐도 이 여자가 나에게 위협적인 존재인지 편하게 마음을 놓아도 되는 상대인지를 파악할 수 있다.

남자들이 입버릇처럼 말하는 별거 아닌 일에 여자들은 민감하다. 그리고 그 별거 아닌 일이 글쓰기에서는 소중한 소재가 되기도 한다. 글쓰기의 위대함 중 하나는 사소한 것에 의미를 부여한다는 점이다. 다른 사람들은 관심도 기울이지 않는 들꽃이나 작은 풀꽃도 그냥 지나치지 않고 합당한 의미를 부여하면 그것이 또 하나의 이야기가 되기도 한다. 그러니 지나가는 구름 한 점도 그냥 흘려보내지 말자. 그 구름 너머에 있는 이야기에서 깨달음이 올지도 모르잖은가. 눈앞에 있는 소소한 것들의 소중함을 모르고 어찌 큰 것의 중요함을 가늠할 수 있겠는가.

조지 오웰의 《나는 왜 쓰는가》에 실린 〈두꺼비 단상〉 편에 이런 구절이 있다. 소소한 일상의 묘사를 보여주는 무척 좋은 예다.

"광장에 있는 거무튀튀한 쥐똥나무들은 연초록빛으로 변하고, 밤나무 잎들은 점점 두꺼워지고, 수선화는 고개를 내밀고, 꽃무는 움을 틔우고, 경찰의 제복 상의는 기분 좋은 푸른 빛을 띠고, 생선 장수는 손님을 미소로 맞이하며, 참새는 온화한 기운을 느끼고 지난 9월 이후 처음으로 목욕할 용기를 냈는지 빛깔마저 달라 보이는 것이다."

조지 오웰은 아주 정치적인 칼럼니스트이자 소설가였다. 그는 《나는 왜 쓰는가》에서 이렇게 고백했다.

"지난 십 년을 통틀어 내가 가장 하고 싶었던 것은 정치적인 글쓰기를 예술로 만드는 일이었다."

조지 오웰은 정치적인 큰 이념도 일상의 소소한 진리에 빗대었을 때, 사람들이 더 잘 받아들인다는 것을 알았던 것일까. 그는 자신의 이런 소망을 《동물농장》으로 이루었는지도 모르겠다.

우리가 사는 세상에 소중하지 않은 것은 없다. 작가라면 큰 것부터 작은 것까지 모두 아름답다는 생각으로 세상을 대해야 한다. 그리고 그걸 발견하기 위해선 어디를 가든 카메라와 필기도구를 챙겨야 한다. 요즘은 스마트폰 하나면 모두 해결할 수 있으니 작가의 의지만 있으면 된다. 작가란 일상에서도 내가 놓치고 사는 것이 무엇인지를 살피며 늘 깨어 있어야 한다. 길에 떨어져 뒹구는 누군가의 낡은 장갑 한쪽에서도 삶의 고단함을 읽어낼 수 있어야 하고, 눈물을 흘리며 길을 걷는 아가씨의 얼굴에서 사랑의 상처를 끌어낼 수 있어야 한다.

또 하나, 이런 것들은 글을 쓰는 데 본질적인 부분이지만 기술적인 부분에서도 사소한 것을 놓치면 좋은 글이 아니다. 글을 쓰기 위해서 먼저 할 일 중 하나는 목차를 구성하는 것인데, 목차는 말하자면 큰 테두리다. 큰 테두리가 중요한 것은 말할 것도 없지만 더 중요한 것은 본문이다. 그런데 목차가 알차게 구성되어 있어도 막상 본문에 들어가면 글이 헐렁하다는 느낌을 받는 때가 있다. 이것은 큰 이야기부터 작은 이야기까지 들어차 있지 않아서 그렇다. 큰 돌과 작은 돌을 유리병에 모두 채워 넣으려면 먼저 큰 돌을 넣고 나서 빈틈을 작은 것들로 채워야 밀도가 높아지는 것처럼 말이다. 그런데 큰 강줄기에 돌다리 몇 개 놓고 뛰어 건너보라는 식이면 곤란하다. 돌다리를 놔주되 큰 것과 작은 것을 골고루 섞으면 건너가는 즐거움도 있고 풍요롭고 조화롭기까지 할 것이다. 전체적인 주제가 큰 돌이라면 그에 따른 소재나 사례, 인용은 작은 돌이다. 이 모든 것이 적절하게 놓일 때, 독자들은 당신의 글을 즐거움을 느끼며 어렵지 않게 건널 것이다.

사람들이 아서 코난 도일의 《셜록 홈즈》 같은 추리소설이나 스티븐 킹의 스릴러 소설을 좋아하는 이유는 무엇일까. 바로 사람들이

놓친 사소한 것에서 엄청난 비밀들이 발견되기 때문이다. 대개 이런 소설은 반전의 묘미가 있는데 전혀 예상치 못한 사소한 부분이 실마리가 된다. 또 그렇게 사건을 해결해나가는 주인공의 추리력도 감탄할 만하다.

작가 레이먼드 카버도 이렇게 말했다.

"모든 사람의 일상 속에는 충분히 소설이 될 만한 중대한 순간들이 있다. 당신은 그것을 알아차리기 위해 늘 주의를 기울여야 한다."

당신의 일상에도 이야깃거리가 곳곳에 숨어 있다. 그러니 늘 깨어 있어라.

07.

실속 없는 남자처럼
얻을 게 없는 글

● 　나이트클럽을 자주 가던 친구가 있었다. 그러더니 결국 그 곳에서 만난 남자와 연애를 시작했다. 그 남자는 타고 다니는 차도 좋았고, 성격도 좋아서 다른 사람들과 잘 어울렸다. 게다가 남자는 돈도 잘 썼다. 나이트클럽에서 통 크게 한턱 쏘기도 하고 여자에게 선물도 잘 사주었다. 남자의 지갑은 어디서나 쉽게 열렸고 여자는 항상 여유가 넘치는 그 남자가 좋았다.

　하지만 막상 결혼을 하려고 보니 부채 또한 넘쳐난다는 사실을 알게 되었다. 친구는 그제야 속았다 싶었지만 이미 임신을 한 터라

무를 수도 없었다. 인생은 때로 무르기 힘든 선물을 안기곤 한다.

"얘, 걱정하지 마. 사람 일은 모른다더라. 결혼하면 달라지겠지."

친구들이 애써 위로해주었지만 안 좋은 예감은 더 잘 들어맞는 법이다.

아니나 다를까. 결혼을 해서도 남편의 씀씀이는 그대로였고, 친구는 실속 없는 남편 때문에 여전히 마음고생을 하며 산다. 술값 잘 낸다고 부자일 거라 생각한 친구도 문제가 있지만 자기 실속 못 차리고 수시로 지갑을 여는 남자는 거의 구제불능이라 할 정도다. 이렇게 실속 없는 남자는 아마도 같이 살기 힘든 남자 상위권에 들 것이다.

이렇게 실속 없는 남자들을 보면 대개 다른 사람들에게 과시하고 싶어하는 욕구가 많다. 그게 아니라 너무 마음이 약해서 다른 사람 청을 거절할 수가 없어 그런 거라고 항변하기도 하지만, 어찌 됐든 심리학적으로는 그렇게 설명된다. 이유가 무엇이든 간에 실속 없는 남자에게 남는 건 여자의 원망과 빚밖에 없다는 것만은 확실하다. 이런 남자, 백이면 백, 나이 들면 마누라가 눈만 가늘게 떠도 시선을 피하기 바쁘다.

그런가 하면 앞의 남자와는 반대로 완전 실속파를 사귄 친구가 있었다. 적은 돈이나 에너지를 투입했는데 예상보다 더 좋은 상품이나 결과를 얻는 사람들을 보고 실속파라고 한다. 이 남자는 어디서든 먼저 지갑을 여는 일이 없었고, 마음이 약하지도 않아서 아무한테나 돈을 빌려주지도 않았다. 심지어 데이트를 할 때도 비용을 모두 부담하지 않았다. 어찌 보면 계산적으로 보이기도 하지만 너무 계산을 못 해 손해만 보는 것보다야 현실적인 게 낫지 않으냐고 여자는 좋게 생각하기로 마음먹었다. 결혼한 선배들이 입을 모아 하는 소리가 여자에겐 실속 없는 남자보단 차라리 짠돌이가 훨씬 낫다는 말도 위안이 되었다.

그런데 짠돌이 남자는 결혼을 하자 더 허리띠를 졸라맸다. 허리가 끊어지기 직전까지 졸라매는 남편 때문에 여자는 숨이 막힐 지경이었다. 하지만 결혼한 지 불과 몇 년 만에 집을 사고 통장에 돈이 쌓이자 역시 이 남자를 선택한 게 탁월한 결정이었음을 인정하기에 이르렀다.

이 두 친구를 보더라도 실속 있는 남자를 만나는 게 좋다는 건 알겠는데 문제는 어떤 남자가 실속이 있는지 겉으로 봐서는 도저히 알아보기 힘들다는 것이다. 겉으로 보기엔 여유가 없어 보이는데 알고 보니 실력도 있고 경제적 능력도 있는 남자가 있고, 겉은 그럴싸한데 실상은 속 빈 강정이기도 하니 말이다. 그래서 남자는 절대 겉모습으로 판단할 수 없다.

마찬가지로 표지나 광고는 요란한데 막상 읽어보면 그저 그런 책이 있다. 이렇게 본전 생각 나게 하는 실속 없는 남자처럼 쓰지 말자.

그럼 실속 있는 글은 어떤 글일까. 글에서 실속은 정보를 말한다. 로맨스 소설이나 가벼운 에세이를 읽으면서 실속을 따지지는 않으니 문제는 실용서다. 실용서적을 사는 독자는 그 안에서 정보를 얻으려는 것이 가장 큰 이유다. 글에 실속이 없으면 읽고 난 뒤에 돈만 아까워진다.

독자가 당신의 글을 읽고 본전 생각이 난다면 그것만큼 나쁜 것도 없다. 그런 일을 만들지 않으려면 최소한의 정보는 담겨 있어야 한다. 물론 독자에게 유익한 정보가 가득할수록 독자들은 더 만족할 것이다. 문학적 글쓰기가 아니라면 글에 정보를 제공해야 한다. 전문성이 부족한 글은 쓸 만한 정보가 없다. 정보가 없는 글은 실용적 글쓰기에서는 핵심을 잃은 것과 같다. 당신이 쓰고 싶은 글이 완전 실용서라면 전문가의 숨결이 느껴지는 남자처럼 샤프하게 써라. 독자의 입이 떡 벌어지도록 말이다.

미국 작가 스티븐 킹은 저서 《유혹하는 글쓰기》에서 이런 말을 했다.

"자기가 좋아하는 것을 쓰되 그 속에 생명을 불어넣고, 삶이나 우정이나 인간 관계나 성이나 일 등에 대하여 여러분이 개인적으로 알고 있는 내용을 섞어 넣어 독특한 것으로 만들어야 한다. 특히 일이 중요하다. 사람들은 일에 대한 내용을 즐겨 읽는다. 이유는 나도 모르지만 어쨌든 사실이다. 가령 여러분이 과학 소설을 좋아하는 배관공이라면 우주선을 타고 낯선 행성을 찾아가는 배관공에 대한 소설을 써도 좋겠다."

　스티븐 킹은 사람들이 왜 일에 대한 이야기를 좋아하는지 모르겠다고 했지만, 아마도 그건 다양한 직업이 주는 새로운 정보 때문일 것이다. 내가 직업으로 삼고 있는 일에 관해 쓴다면, 다른 사람들은 모르는 그 직업만의 새로운 정보나 일화를 아주 생생하게 전달할 수 있을 테니까 말이다. 하다못해 스릴러 소설을 읽어도 사람들은 정보를 얻을 수 있는 일에 대한 이야기를 좋아하는데 하물며 실용서라면 더 말할 것도 없다. 그리고 글에 전문성을 부여하려면 그냥 알고 있는 것으로 쓰는 글과 전문적인 지식이나 정보가 있어서 쓰는 글과는 굉장한 차이가 있다는 것을 기억해야 한다.

　예전에 〈황금어장〉이라는 TV 프로그램에 만화가 허영만이 출연했다. 워낙에 우리나라 만화계의 거장이지만 방송을 보다 보니 그의 만화가 사람들에게 오랫동안 사랑받는 이유를 알게 되었다. 그의 만화 《식객》은 영화로도 만들어졌는데, 그 만화를 그리기 위해 얼마나 많은 자료를 취재했는지 알고는 정말 깜짝 놀랐다. 그는 쓰고자 하는 스토리의 주인공 직업이나 그에 따른 현장감 있는 정보를 얻기 위해 정말 꼼꼼하게 취재하고 자료 조사를 한다고 했다.

만화이기에 더 생생한 그림을 그리기 위해 일일이 다 사진을 찍어 스크랩을 해놓은 것도 보여주었다.

글쓰기는 자기 생각을 표현하는 것이지만 그것만으로 책을 모두 채우기는 불가능하다. 모든 글쓰기는 자료조사와 정보의 취합에서 시작된다. 당신이 실용서든 소설이든 만화든 쓰고 싶은 글이 있다면, 자신의 직업이나 경험이 아닐 때는 철저히 조사하고 취재해서 정보를 얻어야 한다. 대충 해서는 안 된다.

《글쓰기의 모든 것》에서 프레드 화이트는 이렇게 말했다.

"작가 지망생들은 '조사'라는 단어를 들으면 대학 시절 논문을 쓰느라 도서관에 틀어박혀 고생한 기억을 떠올리며 잔뜩 긴장한다. 하지만 그렇게 스트레스를 받으며 의무적으로 하는 조사가 아니라면 조사의 과정이 뜻밖에 재미있는 경험이 될 수 있다. 조사는 단지 어떤 자료나 정보를 찾는 일이 아니다. 전문가를 찾아가서 조언을 구하는 것, 현장조사를 나가거나 직접 실험에 참가하는 것, 출판되지 않았거나 아직 공식적으로 발표되지 않은 자료를 뒤적이는 것도 모두 조사에 포함된다."

논픽션은 어떤 정보를 어떻게 담을 것인가 또한 무척 중요하다. 작가는 자신이 쓰고자 하는 글의 성격을 먼저 파악하고 그에 맞게 써야 한다. 그래야 독자의 요구 중에서 기본적인 부분을 채워줄 수 있다. 당신이 소설을 쓰는 거라면 흥미 있는 이야기가 주는 재미와 감동에 집중해야 한다. 유머집이라면 재미있는 유머가 가득 차야 한다.

독자가 실용서적을 찾는 이유는 새로운 정보를 얻으려는 것이다. 그런 독자에게 실속 있는 책은 어떤 책이겠는가? 제대로 시작해야 제대로 끝을 맺을 수 있다.

그럼 이제 자료부터 제대로 찾아서 정리해라. 그래야 '빛 좋은 개살구'가 되지 않는다. 아무리 소재가 좋고 당신의 신념이 굳건해도 당신이 하는 이야기에 객관적인 정보가 없고 전문 지식이 들어 있지 않다면 속 빈 강정이다. 실속 없는 남자처럼 흰소리나 떠벌이는 글이 되어서는 안 된다.

08

느끼한 남자처럼
진실성없는 글

여자는 지금 외롭다. 남부럽지 않을 만큼의 경제적 능력을 갖추고 화려한 싱글을 자랑하고 있지만 외로움은 여전히 여자 곁에 머물러 있다. 처음 들을 땐 기분 좋던 '골드미스'란 호칭도 유난히 화려한 이번 단풍 앞에서는 처참한 느낌을 줄 뿐이다. 나이가 들수록 외로움은 가을 나뭇잎처럼 진해졌고, 여자는 가을은 남자의 계절이 아니라 모든 외로운 사람들의 계절이라는 사실을 깨닫게 되었다. 이대로 있다가는 얼마나 무너질지 모르겠다는 불안감에 결국 여자는 소개팅이라도 하기로 했다.

그간의 수많은 맞선과 소개팅 경험으로 과한 기대는 곧 실망으로 통하는 고속도로임을 깨달은 지 오래지만, 그래도 아주 오랜만에 여자는 살짝 설레는 기분으로 삼청동 카페로 향했다. 가을이면 삼청동은 도심 속 남이섬이 된다. 색색의 나뭇잎으로 물들어 가을이 물씬 느껴지는 카페 거리를 보면서 여자는 기분 좋은 예감에 허리를 곧게 폈다.

"그래! 이 가을 기필코 솔로에서 탈출할 거야!"

여자는 거리의 쇼윈도에 자기 모습을 비춰보며 속으로 외쳤다.

여자가 전망 좋은 자리에 앉아 커피를 한 모금 마셨을 때쯤, 저만치서 한 남자가 저벅저벅 걸어왔다. 오뚝한 콧날, 짙은 쌍꺼풀에 깊은 눈, 적당히 도톰한 입술이 한눈에 확 들어오는 남자였다. 여자의 눈에서 번쩍 하고 불꽃이 피어났다. 여자의 기분 좋은 예감이 현실이 되려 하고 있었다.

다가온 남자가 부드럽게 입을 떼었다.

"저어기~ 호옥시~, ○○○ 씨이신가~요?"

처음 입을 연 남자의 발음이 과하게 미끌거린다 싶었지만 여자는 일단 대수롭지 않게 넘겼다. 하지만 인사를 나누고 자리에 앉아 남자가 본격적으로 말을 하기 시작하자 그의 입에서 터져 나온 건 말이 아니라 버터였다. 남자의 목소리를 들으며 여자는 다시 한 번 속으로 외쳤다.

"그 입 다물라!"

그야말로 버터를 족히 백만 스푼은 떠먹은 것 같은 그 느끼한 목소리는 들으면 들을수록 속을 메스껍게 했다. 게다가 목욕탕에서 소개팅을 하는 듯한 착각이 들 정도로 울림이 심한 남자의 목소리가 점점 고막을 심하게 자극해 나중엔 멀미까지 일으킬 지경이었다. 여자는 '이번 겨울도 뼈가 시리게 춥겠구나' 하는, 처음의 기대와는 너무나 달라진 슬픈 예감을 안고 소개팅 자리를 서둘러 털고 일어났다.

비극적인 일이지만 제아무리 장동건 뺨칠 외모라 해도 격하게 버터스러운 남자는 여자들의 기피 대상 리스트로 직행하기 마련이다. 여자들이 말하는 느끼한 남자에는 일종의 자격 요건이 있다.

일단 무언가 과하다. 쳐다보는 눈빛도 레이저라도 발사할 기세인데다 오랜 시간 동공을 고정한 채 바라본다거나 말투에 배인 부드러움도 과하다. 둘째, 느끼한 남자는 단음보다는 장음을 선호하여 모든 단어를 길게 발음하는 경향이 있다. 예를 들어 '우리 밥 먹으러 갈까?'를 '우~리 바~압 먹으러 갈~까?'로 길게 늘여서 말한다. 언뜻 들으면 살짝 늘어난 테이프에서 나오는 소리와 비슷하다. 그 외에 쌍꺼풀이 진하다거나 성대가 울리는 목소리라거나 여러 가지가 있다.

그렇다면 이런 조건을 가진 남자는 모두 느끼한 건가? 그렇지는 않다. 목소리의 울림통이 선천적으로 큰 남자도 있는 법이니까. 느끼한 남자는 눈빛으로도 말투에서도 느끼함을 뿜어내는데, 사실 느끼함의 정체는 이런 외적인 면보다 내면에 있다. 너무 과한 행동이 오히려 진실성이 없어 보이게 한다. 배려나 부드러움도 지나치면 상대를 불편하게 한다는 사실을 모른다. 그래서 그냥 지그시 쳐다보면 될 것을 꼭 눈에 힘을 주거나 안 해도 되는 손짓이나 눈짓을 한다. 그래서 느끼한 것과 재수 없는 것과는 한 끗 차이가 되어버린다.

   글에도 이처럼 느끼한 글이 있다. 문장 안에 수많은 미사여구를 늘어놓은 글이 바로 그렇다. 느끼한 남자처럼 온갖 미사여구를 들이대지 말자. 신기하게도 남자가 느끼한 걸 금방 알아채듯 너무 과하게 꾸민 글도 독자들은 금방 눈치챈다. 글이 매끄러운 것도 좋지만 너무 미끄러우면 발랑 넘어져 하려는 말을 놓치게 된다. 어설프거나 과하게 꾸민 말보다는 차라리 수수한 게 낫다.

   언젠가 TV에서 한 광고를 본 적이 있다. 시골 남자 선생님이 짝사랑하던 여자 선생님을 그냥 보낼 수 없다며 독백이 나오는 장면이었다. 나는 그 남자의 말투가 너무나 어눌해서 광고 모델이 아니라 실제 인물인 줄 알았다. 그런데 알고 보니 송새벽이라는 배우였다. 그 후 얼마 안 가 그 배우는 소위 말해서 떴다. 잘생기지도 않은 그가 뜬 이유는 그 어눌한 말투에 담긴 순수함 때문이 아닐까 싶다.

청산유수 같은 세련된 말솜씨보다 어눌한 말이 더 진실하게 느껴지는 것처럼 중요한 것은 글이나 말에 담긴 진실함이다. 느끼한 남자가 끔찍이도 싫은 것은 왠지 진실성이 없어 보이기 때문이다. 지나친 것은 모자람만 못한 법이다. 미사여구를 찾기 전에 내가 쓰고 있는 글에 나의 진심을 얼마나 담아낼 수 있을까를 고민해야 한다. 여자에게 멋진 모습을 어필하기 전에 자신의 진실한 모습을 보여줘야 하는 것처럼 말이다.

어눌해도 좋다. 그저 이런저런 미사여구와 좋은 말만 끌어다 붙이기보다는 어눌해도 순수한 글이 좋다. 멋들어진 대사로 수차례 사랑을 고백하는 남자보다 쭈뼛거리고 더듬거리며 힘들게 고백하는 남자의 순수함에 여자는 흔들린다. 그런 남자가 여자에게 주는 순수한 마음처럼 글을 대하는 당신의 태도 또한 순수해야 한다. 순수하면 순수할수록 글은 담백하게 써진다.

섬진강 시인 김용택 작가의 시는 그런 면에서 제격이다. 시는 본래 수사적인 표현법이 가득한 것이 특징인데 김용택 시인의 시는 참 담백하고 순수하다.

그의 시 하나를 보자. 제목이 〈콩, 너는 죽었다〉이다.

콩 타작을 하였다.
콩들이 마당으로 콩콩 뛰어나와

또르르 또르르 굴러간다.

콩 잡아라. 콩 잡아라.

콩 잡으러 가는데

어, 어, 저 콩 좀 봐라

구멍으로 쏙 들어가네.

콩, 너는 죽었다.

얼마나 순수한가. 아무런 꾸밈도 미사여구도 없다. 그 흔한 비유도 없다. 마치 어린아이가 쓴 동시처럼 순수 그 자체이지 않은가. '산은 산이요, 물은 물이로다'라고 한 성철 스님의 말처럼 있는 그대로 바라보는 순수한 마음이야말로 깨달음의 경지인지도 모르겠다. 이것을 어떻게든 해석하려는 인간의 의도가 순수함을 느끼함으로 바꾸어버린다.

그런가 하면 다음 글을 보자.

"참 아주 오래고도 오랜 나의 학창 시절에 나는 정말 슬프고 너무 아름다운 그리고 아주 눈물겨운 첫사랑을 만났다. 그 여인은 하얗고 백옥처럼 뽀얀 피부에 앳되고도 어린 볼살이 꽃처럼 남아 있는 아주 귀엽고 너무 상큼한 얼굴에 키도 해바라기처럼 제법 컸다."

과한 수식어가 끝도 없이 이어진다. 이렇게 꾸미기에 급급한 글은 아주 꼴 보기 싫은 글이 되고 만다. 그저 담백하게 '학창 시절에 나는 아름다운 첫사랑을 만났다. 그녀는 하얀 피부에 앳되고 키도 컸다'라고 쓰면 된다. 우리가 알게 모르게 습관처럼 사용하는 수식어구가 생각보다 많다. 요즘엔 특히 소셜 네트워크가 발달하면서 '너무'나 '자주' 등과 같은 부사를 많이 사용한다. 부사가 많이 들어가면 구어적 표현이 된다. 글에서는 인물의 대사에서 쓰는 때가 아니라면 자제해야 한다.

글쓰기에서 사용하면 안 되는 수식어구에 대해 안정효는 《글쓰기 만보》에서 두 가지를 지적했다. 무성영화 시대의 변사를 떠올리게 하는 '것이었던 것이었다'와 '있을 수 있는 것'이란 표현이다. 설마 내가 그런 표현을 썼으랴 싶겠지만, 자신이 쓴 글을 검토해보면 생각보다 많아서 놀랄 것이다.

순수한 글이 좋다. 느끼한 남자처럼 마구 들이대며 과하게 꾸미지 말자. 당신의 순수함을 그대로 보여주는 편이 독자를 편하게 하고, 당신의 진심도 잘 전달한다. 당신이 집중해야 할 것은 수식어구로 장식을 하는 게 아니라 당신의 생각을 명확하게 전달하는 것이다. 과하게 꾸민 글은 오히려 글에 담긴 진실을 가린다. 글을 쓰기 위해 당신이 무엇에 집중해야 하는지 항상 기억하길 바란다. 나의 글이 어떻게 읽힐까보다 먼저 고민해야 할 것이 어떻게 나의 진심을 전달할까이다. 눈의 힘을 빼듯 글에서도 힘을 빼라. 그 대신 당신의 순수한 마음을 넣어라.

09

쓸데없이 척하는 남자처럼 보기 싫은 글

　　남자들은 늘 경쟁에 노출되어 있다. 회사에서도 그들의 집단 내에서도 그들은 긴장을 늦추면 안 된다. 언제 어떤 놈이 나타나 내 자리를 넘보거나 나의 영역을 침범할지 모르기 때문이다. 남자들이 대체로 〈동물의 왕국〉과 같은 동물 다큐멘터리를 좋아하는 이유는 그들의 생활이 그 세계와 별반 다를 게 없어서 동질감을 느껴서인지도 모른다. 실제로 이런 소재로 코미디를 한 적도 있는 걸 보면 영 틀린 말은 아니지 싶다.

　이미 진화된 남자들은 사회에서 경쟁만이 전부가 아니라는 사실을 깨닫고 있다. 하지만 여전히 먹이를 가지고 다투는 동물의 세계와 다르지 않다고 여기는 덜 진화된 남자들은 아직도 그들의 세계에서 우위를 차지하기 위해 허세와 호기로 위장하며 산다. 이런 부류의 남자들이 하는 행동이 바로 '있는 척'과 '센 척' 그리고 '잘난 척'이다. 이른바 온갖 '척하는 남자들'이다. 그런 남자들이 나이가 들면 달고 사는 의미 없는 말버릇이 바로 이것이다. "내가 말이야. 왕년에 좀 날렸거든."

무엇을 날렸는지는 모르지만, 무언가를 날리고 싶다는 욕망은 끊임없이 키워왔을 터이다. 그것이 중요한 서열의 문제인 만큼 밖에서 대놓고 못 했다면 집에서라도 척을 해야 하는 게 남자다. 그래서 여자가 잘 모르는 경제 용어를 물어보면 참 치사하게 거들먹거리면서 알려주거나 "너는 아직 그것도 모르냐?" 하며 면박을 주며 아는 척을 한다. 무거운 것을 들고 가는 모습이 힘들어 보여 여자가 같이 들자고 하면 화를 내며 기어이 혼자 끙끙거리면서 기운 센 척을 하곤 한다. 하지만 세상이 바뀌었다. 기운 센 척은 몰라도 남편의 잘난 척 정도는 이제 네이버 지식인과 구글 검색으로 우습게 받아치게 되었다. 그래선지 남편의 이런 아는 척 정도는 애교로 받아줄 수 있지만 가장 참아주기 힘든 것은 남녀를 막론하고 '잘난 척'이다.

여자는 직장 생활 9년 차다. 요즘 세상에서 그저 집에서 밥만 하는 것보다 돈을 벌어오는 것이 시댁에서 대접까진 아니어도 생색은 낼 수 있다. 여자는 온갖 치사한 꼴을 보면서도 직장에서 살아남기 위해 지금까지 정말 치열하게 버텼다.

이번에 새로 팀장이 부임했다. 그의 프로필을 보니 싱글에다가 해외 유학파였고 외모도 잘나서 출근 첫날부터 회사 여직원들의 관심리스트에 올랐다. 하지만 여자는 새로운 팀장이 회의를 주도할 때마다 표정관리를 하기가 도 닦는 것만큼이나 어렵다. 팀장은 정말 잘난 척 대마왕에 외래어 과다사용의 진수를 보여주는 진상 중의 진상이었기 때문이다.

"현대 사회는 아주 테크니컬한 프로세스를 가지면서 점점 더 콤플렉스해지고 있지만 우리 라이프의 스타일은 오히려 심플해지고 있죠."

영어가 없이는 제대로 된 문장 하나 구사하지 못하는 잘난 해외파 덕에 회의 시간엔 늘 정적이 흐른다. 여기에 더하여 자신의 인맥 자랑 또한 빼놓는 법이 없다.

"다들 알지? 요번에 지역구 출마하신 강 의원이 내 친구 매형이야."

하지만 무언가 있는 척하는 남자들이 하는 소릴 들어보면 대개 허풍이거나 자기가 아닌 아는 사람의 아는 사람 얘기다. 친구의 매형과 얼마나 가까운 사이인지는 모르겠지만. 하긴 요즘은 인맥도 자기관리인 세상이니 대놓고 코웃음도 못 친다. 하지만 화려한 인맥조차도 관리하지 않으면 그저 휴대폰에 저장된 전화번호일 뿐이다. 한마디로 실생활에서는 아무 쓸모가 없다. 설사 조금 아는 사람이라 해도 그 사람과 관계가 돈독하지 않다면 자기한테 아무 도움도 되지 않는데 굳이 척을 하는 이유는 뭘까? 남자들의 그런 잘난 척엔 그저 코웃음 한 방이 특효다.

잘난 것도 없어 보이는데 잘난 척, 있는 척, 이른바 척하는 남자만큼 웃긴 것도 없다. 진짜 잘난 남자는 여자 앞에서 절대 쓸데없이 척하지 않는다. 진짜 잘난 남자는 여자에게 겸손하게 공을 넘긴다. 그런 남자에게 여자들이 맛이 간다는 것을 모르는 어리석은 남자들만 어려운 단어를 골라 쓰며 힘들게 산다.

글쓰기도 마찬가지다. 잘난 척하는 남자처럼 쓰지 말자. 마치 어떻게 하면 어려운 단어를 찾아내는지 내기하는 사람처럼 써서는 절대 안 된다. 요즘 글쓰기는 중학생이 읽어도 이해할 수 있는 수준으로 써야 한다는 것이 대세다. 인터넷과 스마트폰, 태블릿PC나 전자책이 보급되면서 이제 글은 읽기에 쉬워야 하는 시대가 되었다. 다시 말해 가독성이 좋아야 한다. 사람들은 점점 보기 쉬운 글에 익숙해져간다. 한학자처럼 어렵게 쓰는 글은 사람들의 외면을 받는다. 어려운 단어만 골라서 쓰면 독자들이 조금 읽다가 덮어버린다. 쉬운 문장으로 알기 쉽게 쓰자.

예를 들어보겠다.

"진리는 일련의 일반적인 사회규범으로 받아들여진 것을 의미하며, 경험, 또는 사람들이 찾아낸 연속 작업 안에서의 관점이 언급된 믿음의 존재를 의미한다. 이 경우에 단어는 회피되며, 환상적인 생명 안에서 용어는 압도적인 확실성의 하나로 위협적으로 변화된다."

당신은 이 글이 전하고자 하는 말이 무엇인지 정확히 그리고 빠르게 이해가 되는가? 이 글은 그저 쓰는 사람이 전문용어를 많이 알고 있음을 과시하는 것에 불과하다. 글은 머리로만 쓰는 것이 아니다. 굳이 지식을 자랑하고 하고 싶다면 논문을 써라. 아니면 차라리 일기를 쓰는 게 글쓰기에는 훨씬 도움이 된다.

독자는 당신이 얼마나 지적인가보다 당신이 들려주는 이야기가 무엇인지를 더 궁금해한다. 글은 머리와 가슴을 함께 써야 하는 작업이다. 내가 생각하기에 지식으로 가득 찬 글도 머리로만 쓰는 것과 가슴으로 쓰는 것은 독자가 이해하는 데 큰 차이를 보인다. 가슴으로 쓰면 쉽게 쓴다. 이유는 단 하나다. 읽는 사람을 배려하기 때문이다. 잘난 척하는 남자처럼 쓰면 독자는 몇 장 읽다가 덮어버릴 것이다. 당신의 잘난 척을 받아줄 만큼 독자들이 너그럽지 않다는 사실을 기억하기 바란다.

지적 권위주의란 말이 있다. 논리로 상대를 제압하려는 경향을 말한다. 이런 경향에 사로잡힌 사람들을 자주 볼 수 있는 것이 바로 〈100분 토론〉 같은 시사토론 프로그램이다. 그것도 찬반 토론에서는 극치를 보여준다. 자신의 논리를 주장하느라 핏대를 세우고 목소리를 높이고, 그것도 모자라 좀 밀린다 싶으면 인신공격도 마다치 않는 추태를 보인다. 이런 지적 권위주의의 중심에는 지적인 '앎'이 있다. 하지만 당신이 쓰려는 글은 단지 '앎'에 속한 부분만을 전달하는 것이 아니다.

배상문은《창작과 빈병》에서 이렇게 말한다.

> "작가는 글의 '내적 논리'에도 신경 써야 하지만, 그보다 더 중요한 사실도 깨달아야 한다. 한 편의 글이 아무리 논리적으로 보여도 결국은 '주관의 산물'이라는 사실 말이다. 그걸 깨쳐야 '지적 권위주의'에 빠지지 않을 수 있다."

작가란 지식인이 아니라 글을 통해 독자에게 말을 건네는 사람이다. 그리고 무엇보다 글은 누군가에게 무언가 도움을 주고자 쓰는 것이다. 그러니 글은 누군가를 가르치기 위해 쓰는 것이 아니다. 독자를 가르치려 들지 마라. 당신은 서당 훈장이 아니다. 독자를 가르치려 드는 것만큼 위험한 것도 없어 보인다. 작가는 단지 자신이 알고 있는 정보나 생각을 전달하려는 사람임을 잊지 말자.

조금 더 나아가서 이른바 '진실'을 전달해준다고 해도 그것을 대놓고 '진리'라고 설파하는 순간 오히려 초라해진다. 작가가 할 수 있는 최선은 '에둘러 말함'의 진수를 보여주는 것이다. 평범한 삶에서 찾아낸 '진실'을 있는 그대로 보여주고, 그것이 함축한 '진리'는 멀리 돌려보내야 한다. 그것을 끌어당기는 것은 독자의 몫이지 작가의 역할이 아니다. 아마 글이란 것이 세상 모든 일을 가르치려 들었다면 소설도 시도 아니, 문학 자체가 이미 세상에서 사라져버렸을 것이다.

잘난 척에 빠지면 작가로서의 생명은 조만간 끝날 것이다. 읽을 때마다 불쾌해지는 글을 누가 사서 읽겠는가? 이것은 작가가 가져야 할 태도 중 가장 기본에 속한다. 작가라면 겸허한 자세로 독자 앞에 서야 한다.

그런 면에서 노자의 도덕경에 나오는 다음 구절은 음미할 만하다.

"발끝으로 서는 사람은 단단히 설 수 없고, 다리를 너무 벌리는 사람은 걸을 수 없습니다. 스스로를 드러내려는 사람은 밝게 빛날 수 없고, 스스로 의롭다 하는 사람은 돋보일 수 없고, 스스로 자랑하는 사람은 그 공로를 인정받지 못하고, 스스로 뽐내는 사람은 오래갈 수 없습니다."

자기만족을 위해 글을 쓰지 마라. 글의 위대함은 거기 있는 게 아니다. 작가가 제아무리 기막힌 글을 썼다 한들 그 글을 읽어주는 독자가 없다면 아무 의미가 없다. 글은 독자와 나누는 따뜻한 차 한 잔이자 담백한 대화다. 그렇게 독자와 소통할 수 있다면 그것으로 충분하다. 작가와 독자의 눈이 마주치는 순간 독자에게 오래 기억되는 글이 된다. 독자의 곁에 오래 머무는 글이야말로 글쓰기의 마지막 지점이 아니겠는가.

내면의 여행이 깊어 깨어 있는 글

홀로 사막을 건너듯 틀에 갇히지 않은 글

문밖을 나선 경험이 쌓여 다채로운 글

길들여지지 않는 남자처럼 거친 매력의 글

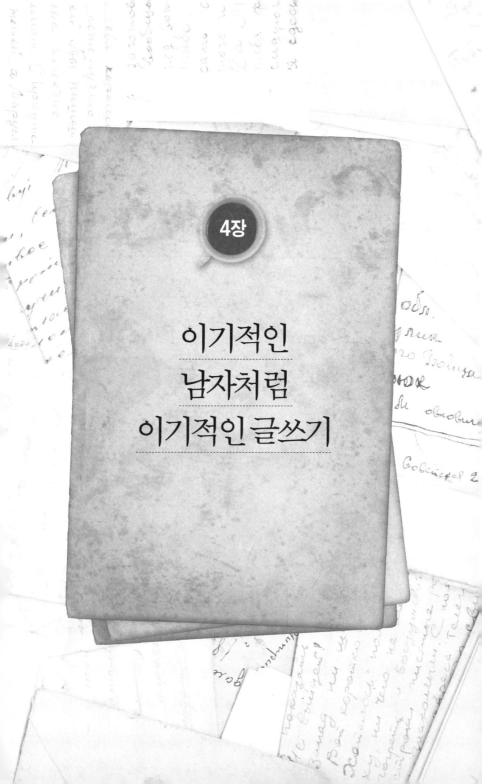

4장

이기적인
남자처럼
이기적인 글쓰기

01

내편의 여행이 감이
깨어 있는 글

● 출산예정일이 겨우 3주밖에 안 남았다. 여자는 무거운 배를 안고 땀을 한 바가지 쏟으며 저녁 준비를 했다. 배가 불러올수록 온몸에서 땀이 장난 아니게 흐른다. 겨우 저녁 준비를 마치고 남자를 기다리고 있는데 '띵똥' 하고 카톡이 울렸다. 반갑게 들여다본 스마트폰 카톡에는 달랑 다섯 글자가 얄밉게 올라와 있다.

"나 오늘 늦어."

잔소리를 듣는 것이 귀찮으니 메시지로 대신하는 꼼수를 부리는 남자에게 여자는 약이 오른다. 하지만 남산만 한 배를 가지고 쫓아

갈 수도 없고 게다가 화를 내면 태교에도 안 좋으니 애써 화를 눌러본다. 여자는 엄마가 되는 순간부터 '참을 인'을 천 번은 새겨야 한다더니 아이가 태어나기도 전부터 참아야 하나 보다.

3주 후, 예정대로 아이가 태어났고 여자는 하루하루가 정신이 없다. 아이라는 존재는 기쁨과 함께 빨아야 할 많은 기저귀와 닦고 소독해야 할 젖병도 가져다주었다. 그 작은 생명은 여자의 생활을 통째로 바꾸어버렸다. '육아전쟁'이라는 말을 맨 처음 만들어낸 사람은 누굴까. 그 탁월한 표현력에 박수를 보내고 싶은 심정이다.

한편 남자도 아이가 태어나자 생활이 변했다. 책임져야 할 가족이 늘어났기에 더 바빠졌다. 일도 더 열심히 했지만 가족을 위해 경제적 안정을 높이려고 새로운 자격증에 도전했기 때문이다. 바빠진 남자를 보며 여자는 드디어 남자도 아빠가 되었구나 싶어서 살짝 감동까지 했다.

그러나 늘 늦게 들어오는 남자는 육아에는 전혀 도움이 되지 않았고, 여자는 '참을 인'을 더 자주 새겨야 했다.

그런데 오늘은 웬일인지 남자가 일찍 퇴근했다. 반가운 마음에 여자가 말했다.

"어머! 내가 오늘 피곤한 거 어떻게 알고 이렇게 일찍 왔어?"

그러자 남자가 기다렸다는 듯이 빠르게 말했다.

"어! 그치? 야, 나도 엄청 피곤하다. 근데 나 내일 모의시험이야."

남자는 마치 날아가던 새가 똥을 갈기듯 잽싸게 말하고는 방으로 들어가더니 문까지 걸어잠가 버렸다. 언제 저렇게 빨라졌나 싶을 정도의 남편 행동에 여자는 화가 울컥 치밀어오른다. 이기적으로 굳게 닫힌 방문 앞에서 여자는 결국 집안일과 아이를 키우는 건 자기 몫이라는 사실만 확인하고 말았다.

　교육방송에서 제작한 다큐멘터리에서 여자아이와 남자아이를 대상으로 실험한 적이 있다. 실험 내용은 아이와 같이 놀던 엄마가 갑자기 아픈 것처럼 행동할 때 아이들의 반응에 어떤 차이가 있는가 하는 것이었다. 결과는 이랬다. 대다수의 여자아이는 엄마가 아픈 행동을 보이자 놀이를 멈추고 다가와 엄마를 살펴보고 '호~' 하면서 위로해주었다. 그럼 남자아이들은 어땠을까? 맞다. 당신이 생각한 그대로 대부분의 남자아이는 엄마가 아프다고 해도 자신이 하던 놀이를 계속할 뿐이었다. 잠깐 엄마를 쳐다보았지만 다가와 엄마를 살피는 남자아이는 거의 없었다.

　이 실험의 결과는 남자는 태생적으로 자기중심적이라는 것을 확인시켜준다. 남자들은 생물학적으로 이미 이기적이라는 것이다. 또 한 예로 남자아기들은 배가 고프면 먹는 것에만 집중한다. 젖을 먹이고 있는 엄마에 대한 관심보다는 자기의 배고픔을 채우는 것이 먼저다. 반대로 여자아기들은 엄마와 눈을 맞추며 교감하면서 먹는다.

남자의 유전인자에 들어 있는 이 이기적인 코드는 어른이 되어서도 변함이 없다. 여자가 몸살에 걸려 저녁을 못 할 지경이라 아이들이 저녁을 굶게 생겼다고 연락해도 남자들은 열일 제치고 뛰어오지 않는다. 혹시나 중요한 회의라도 있다면 당연스레 저녁 늦게야 퇴근한다. 각자 맡은 역할이 다르다는 것이다.

일단 남자들은 물리적으로 가정에서 멀리 있기에 여자들보다 자신만의 시간을 갖기 쉬운 환경임은 확실하다. 어찌 됐건 이런 물리적 거리감은 심리적인 거리감마저 가져온다. 그래서 남자들이 늘 반복하는 변명 매뉴얼이 있다. 대부분의 남자가 한 번쯤은 해보았을 말은 바로 이거다.

"나 지금 일하는 중이야."

그런데 아이러니하게도 맞벌이를 하는 남자들조차 이렇게 말한다. 남자들이 이렇게 말하는 바탕에는 역시 이기적인 유전자가 작용하는 것 같다. 남자들은 아침에 일어나 출근 준비를 하는 시간도 짧고, 최소한 하기 싫어도 밥을 해야 하는 의무감을 달고 살지도 않는다. 남자들은 몸이 아프면 가뜩이나 도와준다는 개념의 집안일에서 딱 손을 떼도 되지만, 여자들은 몸살에 시달려도 아이들의 끼니를 챙겨야 한다. 아이가 어릴수록 여자들은 아이를 놓고 외출이라도 하려면 교도소를 탈출하는 빠삐용의 심정이 되어야 한다. 그렇지만 남자들은 취미생활을 하러 나가면서도 언제든지 일을 빙자

하여 집에서 탈출할 수 있다. 물론 그에 따른 여자의 잔소리나 타박을 들을 각오는 당연히 기본으로 깔아야 하지만 말이다. 하지만 내가 남자라도 여자의 잔소리나 따가운 눈초리 정도는 얼마든지 감당할 것이다. 여자들은 늘 가사에 육아에 지친 상태지만, 남자들로선 그런 몇 마디 질타를 듣는 것쯤 일 축에도 못 낀다. 게다가 남자의 이기적인 면은 사회적으로 혹은 생물학적으로 저절로 부여된 면이 커서 남자들은 스스로 이기적이라고 자각하지도 못한다.

　그래서 나는 가끔 남자들의 그 태생적인 이기심이 정말 부럽다. 그들의 자기중심적인 성향을 타고난 듯 보이게 하는 생물학적인 구조마저 부럽다. 거기에 남자에겐 가장 강력한 변명거리인 '일'이 있다. 남자들은 일을 하고 싶으면 늦게까지 일하다 퇴근해도 된다. 적어도 돈 벌어오는 일을 가지고 바가지를 긁는 여자는 없으니까 말이다.

　여자는 아이들을 두고 자신의 시간을 갖고자 집을 나서려면 약간의 죄책감을 감수해야 하지만 남자들은 낚시를 가거나 늦도록 술자리를 하면서도 죄책감까지 갖지는 않는다. 단지 여자의 잔소리를 감수하면 그만이다. 죄책감이 드는 것과 잔소리를 들어야 하는 것에는 상당한 차이가 있어 보인다. 여자들은 아이가 어느 정도 성장할 때까지는 좋든 싫든 희생이라는 꼬리표를 달고 살아야 한다. 그래서 남자들의 태생적으로 자기중심적인 면이 부럽고, 이기적일 수밖에 없는 생물학적, 사회적 요소조차도 부럽다.

글쓰기에서는 당신도 이렇게 이기적인 남자처럼 되어야 한다. 다른 무엇보다 글쓰기가 최우선순위가 되어야 한다. 글쓰기란 대충 시간 나는 대로 써서 할 수 있는 작업이 아니다. 그러려면 때로는 가족보다 나를 위한 시간을 위해 이기적이 되어야 한다. 당신이 글을 쓰려면 글쓰기를 위해 삶의 재배치가 이루어져야 한다. 모든 일이 그렇지만 글 쓰는 일도 따로 시간을 내서 집중하지 않으면 할 수가 없다. 글쓰기란 고도의 집중력을 요구하는 작업이기 때문이다. 설렁설렁 해서 사람들의 마음을 사로잡는 글을 쓸 수 있다면 셰익스피어는 존재하지 않았을 것이다.

글을 쓸 때 작가는 자신의 내면으로 여행을 떠난다. 또, 작가라면 그 여행을 즐겨야 한다. 그러기 위해선 혼자만의 시간이 꼭 필요하다. 그래야 글을 써낼 수 있다. 사람마다 작업하는 스타일이 다르긴 하지만 몰입도와 집중도가 클수록 글은 잘 써진다.

제임스 스콧 벨은《작가가 작가에게》에서 이렇게 말했다.

"천천히 조심스럽게, 다듬어가며 쓰는 것이 좋은 글쓰기 방법이라고 믿는 작가 친구들이 있다. 그들에게는 그것이 좋은 방법이다. 그리고 당신에게 좋은 방법일 수도 있다. 그러나 빨리 집중적으로 글을 쓸 때만 나올 수 있는 '영역'이 있다는 것을 강조하고 싶다."

작가가 자신만의 시간 속에서 완전히 몰입하여 무의식적 상태처럼 글을 쓸 때 무언가 의식을 넘어선, 작가 자신도 알 수 없던 기발하고 창의적인 글이 나온다. 그럴 때 작가는 아마 미친 것처럼 보일 것이다. 하지만 글에 이렇게 미칠 수 있다면 정말 행복할 것 같지 않은가.

모리스 블랑쇼는 이렇게 말했다.

"글을 쓴다는 것은 시간의 부재, 그 매혹에 몸을 맡기는 것이다."

글쓰기에 매혹되는 시간을 망설이게 된다면 당신의 글쓰기에 대한 열정을 점검해보아야 한다. 이 세상에 무엇도 버리지 않고 얻을 수 있는 것은 없다. 진정 원하는 것이 있다면 포기할 건 과감히 포기해야 한다. 이기적인 당신의 글쓰기를 위해 버릴 것은 버리자. 이기적인 남자처럼 당신도 이기적으로 방문을 닫아걸어라. 글 쓰는 시간을 만드는 것에서만큼은 무조건 이기적이 되어라. 나 아닌 가족을 위해 일어서야 할 때도 있겠지만, 나를 위해 그냥 의자에서 엉덩이를 떼지 말아야 한다.

결국 모든 것은 조화다. 어쩌면 인생 자체가 조화를 유지하기만 해도 성공이 아닐까 싶다. 당신의 이기심과 이타심의 경계에서 멋지게 줄타기를 해야 한다. 가족을 위한 시간과 나를 위한 시간 사이에서 조화를 이루도록 애써라. 글을 쓰려면 이런 선택의 순간에 늘 마주치게 될 것이다. 그때마다 늘 작가로서 깨어 있어야 한다.

그래서 필요한 순간엔 언제나 철저히 이기적인 나로 돌아와 오롯이 글과 만나야 한다. 그런 순간 앞에서만큼은 철저히 이기적이 되어라. 물리적으로도 심정적으로도 말이다. 결국 당신의 삶이지 않은가. 선택은 늘 그렇듯이 당신의 몫이다.

02

홀로 사막을 건너듯, 틀에 갇히지 않은 글

●   말 그대로 황량한 사막이었다. 메마르고 거친 사하라 사막에서 한 남자가 뽀얀 먼지를 뒤집어쓴 채 달랑 바이크 하나에 몸을 싣고 사막을 횡단하고 있었다. 바이크가 지나는 길에는 뽀얀 먼지가 긴 꼬리처럼 이어졌다. 우연히 보게 된 이 다큐멘터리에서 여자는 눈을 떼지 못했다. 요즘 여자는 자신도 모르게 지나간 시간이 어느샌가 자신을 아주 낯설고 먼 곳으로 데려다 놓은 것처럼 느껴졌다. 길을 잃어버린 듯 낯설고 끝을 알 수 없는 아득함에 두려워지곤 했다. 마치 덫에 걸린 것처럼 어디엔가 단단히 묶인 것처럼 답답함이

한꺼번에 밀려왔다.

'나는 지금 어디에 있는 거지?'

'나는 어디로 가고 있었던 걸까?'

자신을 향한 질문에 아무런 답을 내놓지 못하고 있을 때 사막의 남자를 보았다. 그리고 그 남자를 보며 여자가 느낀 감정은 '지독한 부러움'이었다. 여자는 그 남자의 자유로움이, 그리고 그 용기가 너무나 부러웠다. 무료한 시간이 끝도 없이 흐르는 일상에서 그 남자의 사막 횡단은 신선한 충격이었다. 그 남자처럼 보헤미안이 되어 지구를 떠돌고 싶다는 욕구가 솟구쳤지만, 삶은 언제나 평면에 그려진 그림처럼 꼼짝하지 않는다. 먹고사는 일에 수반되는 부수적이고 자잘한 일상이 언제나 발목을 단단히 붙들고 있다.

그 순간 여자에게 궁금증이 하나 일었다.

'근데 이 남자는 결혼한 남자일까?'

만약 이 남자가 기혼자라면 참 나쁜 남편일 터이다. 늘 어디론가 떠나는 남자의 뒷모습을 지켜봐야 하는 여자의 눈빛에는 무엇이 담겨 있을까. 하지만 이 남자의 입장에서 보면 이 얼마나 아름다운 세상이란 말인가. 남자들은 늘 자유를 갈망한다면서 어느 것에도 얽매이지 않은 채 바이크 하나에 몸을 싣고 가고 싶은 곳으로 떠난다. 남자의 이런 무책임한 자유로움조차 그래서 또 부럽다. 바이크는 남자들의 로망이라는데 남자들에겐 바이크에 바람을 얹고 떠나는 방랑객 같은 자유가 늘 꿈틀거리나 보다. 아하, 그래서 차선책으로 알코올에 영혼을 싣고 밤마다 거리의 바람을 휘젓고 다니는구나. 나쁜 남자의 자유로움은 여자에게 상처를 남기기도 하지만 남자의 자유로움엔 일상의 번거로움에서 벗어나는 호방함이 있어 부럽다.

당신도 글쓰기라는 바이크에 자유를 향한 로망을 얻고 달려라. 글쓰기는 자유롭게 쓰고 싶은 대로 써야 한다. 특히 처음 쓸 때는 더욱 그래야 글 쓰는 즐거움이 느껴진다. 너무 형식에 치우쳐서 이것저것 재다 보면 어렵게만 느껴져 흥미를 잃게 되고 포기하고 싶어진다. 그러니 어렵게 생각하지 말고 자유롭게 써라. 당신의 바이크에 영혼을 싣고 마음껏 달려라. 우리에겐 뒤에 남아 눈물짓는 여자도 없으니 일말의 죄의식을 느낄 필요도 없지 않은가.

어떤 남자들은 아이 유학 때문에 아내와 아이가 공항의 게이트를 빠져나가는 즉시 만세를 부른다. 꼭 외국으로 가는 게 아닐지라도 처자식이 집을 비우는 순간 남자는 자유를 외친다. 남자에게 자유란 본능에 가까운 것 같다. 남자들이 그토록 자유를 원하는 이유는 원시 시대부터 사냥을 하며 이리저리 떠돌아다니던 방랑의 습성이 남아서라고 한다. 그런데 사회가 진보하면서 이제 여자들에게도 마음대로 떠날 수 있는 자유가 주어졌다. 그러니 당신 스스로 벗어나 세상을 향해 달려라. 아주 자유롭게 말이다.

글쓰기에 담은 당신의 자유를 향한 열정은 절대 나쁘지 않다. 이건 되고 저건 안 되고 하는 식으로 스스로를 어떤 틀에 가두지 마라. 그 틀에서 과감히 벗어나 자유롭게 생각하고 주장을 마음껏 펼쳐야 한다. 가끔은 도덕적 잣대까지도 내려놓아야 한다. 무엇이 옳고 무엇이 그른지에 대해 가치 판단을 하지 말아야 한다. 세상에는 항상 잘하는 사람도, 항상 잘못만 하는 사람도 없으므로 허용의 폭을 넓혀라. 아름다움과 추함의 경계조차 넘어서라. 글을 쓴다는 것은 옳고 그름에 대해 판단하는 것이 아니라 그 판단에 대한 물음을 독자에게 던지는 것뿐이다. 진정 글쓰기에서만큼은 모든 틀에서 자유로워져라.

하지만 틀을 벗어나 자유로운 생각을 한다는 것이 결코 쉬운 일이 아니다. 치열한 자기 파괴의 과정이 있어야 한다. 나비가 날개를 얻기 위해 거쳐야 하는 과정이 있듯이 사고의 자유로움 또한 탈피 과정을 거쳐야 한다. 하나의 생각에 머무르지 말고 확장시켜 나아가라. 그리고 때로는 선과 악의 경계조차 무너뜨려 보라. 늘 하는 말이지만 당신이 소설을 쓰려는 사람이 아닐지라도 생각은 경직되지 말아야 한다. 당신이 논픽션 작가라 해도 경직된 생각은 글의 내용에 한계를 지어 작가로서 수명을 줄어들게 할 것이다.

글쓰기의 미학 중 하나는 바로 현실과 상상을 넘나드는 자유로움에 있다. 생각해보라.《해리포터》가 세계를 정복한 이유가 무엇이겠는가. 해리포터의 마법이 만들어낸 '자유' 때문이다. 인간의 한계에서 벗어나 하늘을 날고 공간을 이동하는 '자유로움'을 마음껏 상상하게 해주었기 때문이다. 더 나아가서는 자신을 구속하던 이모네 집이라는 현실에서 벗어났고, 마지막엔 자신을 억압하는 또 다른 자신이었던 볼드몰트로부터의 자유까지 만들어냈다. 그런가 하면 어두운 현실의 실체를 보여주는 공지영의 《도가니》도 있다. 공지영의 소설은 감추어진 현실의 문제를 드러내어 독자들에게 돌아보게 한다. 이야기가 가진 힘은 이렇게 현실과 상상 사이에 놓여 있다. 그래서 작가에겐 현실도 환상도 모두 이야깃거리다.

당연한 얘기지만 글쓰기는 창작 활동이다. 더 나은 창작을 하는 작가가 되고 싶다면 생각을 할 때, 사물에 대해 다르게 생각해보거나 거꾸로 뒤집어보려는 노력을 반드시 해야 한다. 그렇게 다르게 생각하다 보면 세상의 이면을 볼 수 있는 안목을 얻게 된다. 그렇게까진 안 되더라도 세상엔 수많은 인생과 그에 따른 수많은 견해가 공존한다는 사실을 받아들여 더욱 열린 시각을 얻는 것만은 분명하다. 당신이 선택하기에 따라 달라지겠지만 일정한 틀에 맞추어 사는 게 좋다면, 세상이 정해놓은 규칙을 다르게 생각해보는 것 자체가 불편하다면, 글쓰기에 대해 다시 한 번 진지하게 검토하길 바란다. 하지만 그런 틀에서 벗어나고 싶다는 욕망이 꿈틀거린다면 당신은 타고난 작가다.

자유로워야 상상하게 되고, 상상을 해야 창의적인 아이디어가 생긴다. 작가의 상상력은 몹시 기발하고 별난 것뿐 아니라 작은 일에서도 능력을 발휘한다. 예를 들어 지나가던 남자의 튀는 옷차림만 갖고도 그 남자의 하루 일상이나 그가 만나는 애인이 어떤 모습일지 그려볼 수 있다. 이런 시도가 모두 상상력을 키우는 방법이다. 항상 기발한 이야기를 끌어내는 게 아니라 단지 우리 생활에 관한 이야기를 쓸 수도 있는데, 이때 식상한 이야기로는 독자들의 주의를 끌기 어렵다. 작은 사건 하나에도 그 사건이 일어나게 된 동기나 그 이후를 상상해보라.

여기 한 사람이 울고 있다고 하자. 이걸 보고 슬퍼서 우는 거라고밖에 생각을 못 한다면 작가로서 폭이 좁다. 너무나 틀에 갇혀 있는 셈이다. 우는 이유도 가지각색이고 우는 모습도 다 다르다. 슬픔을 억누르며 터져 나오는 울음을 겨우 참는 모습, 아무리 억누르려고 해도 저절로 흘러나오는 울음, 간신히 눈물만 막고 있는 모습, 소리 내어 엉엉 우는 모습, 깊이 눌러온 분노를 터트리며 괴성을 지르며 우는 모습 등 셀 수 없이 많다. 작가라면 한 가지를 가지고 백 가지, 천 가지로 가지를 뻗어내야 한다.

어떤 틀에도 자신을 가두지 마라. 그저 그런 이야기를 쓰려면 아예 시작도 하지 마라. 최소한 당신이 자신 있게 할 수 있는 이야기여야 한다. 글을 잘 쓰기 위한 여러 방법들을 알려주는 글쓰기 책이 많다. 그런 책에서 빠지지 않는 말이 있는데, 바로 '글쓰기에 정답은 없다'이다. 이것은 비단 글쓰기에만 해당하지는 않는다. 세상 모든 일에 기본적인 방법은 있을지 모르지만 비법은 없다. 자유롭게 자기 생각을 담아내라.

추사 김정희도 이런 말을 남겼다.

"난초를 그리는 데 법이 있어도 아니 되고 법이 없어도 안 된다."

03

문밖을 나선 경험이 쌓여 다채로운 글

어느 날 저녁, 큰애가 퀴즈를 냈다.

"엄마, 바다를 건넌 버스가 있는데 그게 뭘까요?"

이 말을 듣고 옆에 있던 작은애가 잽싸게 끼어들었다.

"으하하~ 형! 그런 버스가 어디 있어?"

가뜩이나 큰 눈을 더 크게 뜨고서 말이다. 나는 사실 큰애가 생각하는 답을 알고 있었지만 짐짓 모르는 척 되물었다.

"그러게 말이야. 야, 그런 버스가 어디 있냐?"

아이가 의기양양한 모습으로 내놓은 대답이 무엇일지 정도는 당신도 눈치챘을 것이다. 그렇다. 답은 '콜럼버스'다.

아직 초등학생인 두 아들은 누가 시키지도 않았는데 항상 모험 타령을 한다. 책상에 이불을 걸쳐놓고는 탐험기지를 만들지 않나, 겨우 마을 뒷산을 올라가면서도 나폴레옹이 알프스를 정복하는 것처럼 들뜨질 않나. 아무튼 그게 남자아이들이다. 남자아이들은 대체로 모험에 관심이 많다. 큰아이가 컵스카우트 대원이 되더니《모험도감》이라는 책을 사달라고 했다. 스카우트 대원이면 그 책 하나쯤은 있어야 한다나. 아무튼 원하는 책을 얻은 아이는 남자들의 모험 세계에 푹 빠져서는 제 동생이나 나한테 모험할 때 주의할 사항을 자랑스럽게 일러주곤 한다.

아무래도 남자들에겐 모험에 대한 타고난 동경이 있나 보다. 남자는 어른이 되어서도 여전히 모험심이 충만하다. 아니 충만해지고 싶어한다. 군대에서 100킬로미터 행군한 이야기를 떠벌이는 남자를 본 적이 있다면 그의 표정이나 몸짓이 얼마나 의기양양한지 느꼈을 것이다. 그 옛날 사냥을 하기 위해 길을 나서던 유전인자가 현대의 남성성 어딘가에 여전히 자리 잡고 있는 듯하다.

최근 인기 있는 다큐멘터리 중에 〈맨 vs 와일드〉라는 모험 프로그램이 있다. 그 프로그램은 사람이 도저히 살 수 없을 것 같은 정글이나 사막에서 살아남는 법을 알려준다. 그것을 몸소 체험하며 보여주는 진행자 베어 그릴스라는 남자는 정말 대책이 없을 만큼 모험적이다. 그런데 그의 무모한 도전을 보고 있노라면 태곳적부터 자연에 적응하며 살아온 인간의 강한 생존력이 진하게 느껴지기도 한다. 그래서일까. 그의 모험을 보다 보면 왠지 부럽기조차 하다.

대학 2학년 때쯤이었다. 그때 나는 도서관에서 주저앉아 책을 읽는 것이 유일한 취미였고, 그곳이 유일한 도피처였다. 대학 생활은 생각보다 시큰둥했고 전공 공부는 지루하기 짝이 없었다. 그러던 어느 날, 도서관 한 귀퉁이에 앉아 책을 고르다 아주 작은 책 하나를 발견했다. 발견했다 정도가 아니라 눈에 확 띄었다. 나의 시선을 사로잡은 것은 책 표지의 사진과 짧은 설명이었다. 망망대해의 작은 요트 위에서 한 여자가 환하게 웃고 있었고, 책 표지에는 작은 요트를 타고 여자 홀로 망망대해를 건너 대륙을 횡단한 이야기라는 설명이 사진과 함께 실려 있었다. 지금은 그 책의 제목도 기억나지 않지만 혼자 파도와 사투를 벌이던 이야기와 유일한 소일거리로 책을 가져갔다는 내용만은 아직도 생생하다. 남자도 하기 힘든 모험을 떠난 그 여자의 이야기는 그야말로 충격이었다. 이것을 행동으로 옮긴 그녀의 대담한 용기에 머리부터 발끝까지 다 짜릿했다.

'바다 한가운데서 밤에 홀로 떠 있는 기분은 어떤 것일까?'

'파도가 심하게 칠 때 혼자 사투를 벌이노라면 무슨 생각이 들었

을까?'

'그 고요 속에서 책을 읽었을 때 어떤 느낌이었을까?'

'칠흑같은 밤에 올려다본 하늘은 어땠을까?'

나의 상상은 끝도 없이 이어졌고 나도 저런 모험을 할 수 있다면 얼마나 좋을까 하는 강한 동경마저 품었더랬다.

나를 포함해서 사람들이 대부분 이런 모험 이야기에 매료되는 것은 무엇 때문일까. 그것은 아마도 누구나 쉽게 하지 못하는 일이고, 들려주는 모험 이야기가 평범하지 않아서일 것이다. 우리가 일상에서 결코 경험할 수 없는 특별한 이야기들, 즉 내가 모르는 이야기라는 점에 끌리는 것이다. 강조하지만 독자들은 새로운 이야기를 원한다. 새로운 세상을 만나기를 원한다. 이것이 당신이 모험을 떠나는 남자처럼 거침없이 새로운 것에 흥미를 키우고 도전해야 하는 이유다.

무난한 글쓰기나 평범한 글쓰기도 필요하지만 글에는 색다른 무엇이 있어야 한다. 모험을 떠나면 늘 새로운 이야깃거리가 생긴다. 그리고 모험을 떠나려면 늘 새로운 것을 향해 열려 있어야 한다. 마치 탐험가처럼 새로운 세상과 미지의 세계에 대한 호기심이 있어야 어딘가로 떠나고 싶은 욕구가 생기는 법이다. 늘 익숙한 틀 안에만 있다면 아무것도 얻을 수 없고 아무것도 전달해줄 수 없다. 글을 쓰고 싶다면 집에서 벗어나 언덕에 올라서라. 집에선 보이지 않던 마을이 언덕에 오르면 한눈에 내려다보일 것이다. 게다가 날씨가 화창하다면 저 멀리 보이는 멋진 산을 발견할 수도 있을 것이다. 집에만 있었다면 결코 볼 수 없었을 산 아래 모습과 아름다운 노을, 멋진 능선을 새롭게 알게 된다. 과감히 자리를 박차고 새로운 길을 떠나듯 새로운 경험을 많이 해야 한다. 그것이 나에게 이로울지 해로울지를 따지지 말고 그 속으로 걸어가 보라. 모험을 떠나는 남자의 담대함처럼 말이다.

당신이 글을 쓰고 싶다면 세상을 향해 직접 부딪쳐야 한다. 많은 작가가 글을 쓰기 위해선 경험이 축적되어어야 한다고 말한다. 물론 경험이 많다고 모두 좋은 글로 이어지는 것은 아니지만, 그렇다고 방에 틀어박혀 머리를 쥐어뜯는다고 되는 것도 아니다. 어쨌든 작가는 자신의 경험을 바탕으로 글을 쓴다. 그 경험이 무엇인가는 중요하지 않다. 시골 오일장을 다녀왔든, 기업체 세미나에 다녀왔든, 하다못해 동네 길을 산책하고 왔든 경험의 종류는 크게 중요치 않다. 당신이 작가의 눈으로 보려는 의지를 품고 세상을 보았는가가 중요하다. 작가에게는 경험의 양보다 스스로 받아들이는 경험의 밀도가 훨씬 중요하다.

그러니 무언가에 풍덩 빠져보라. 대충 고민하지 말고 치열하게 고민해보라. 무언가에 올인하지 않으면 잃을 게 없을 것이다. 하지만 이 말은 얻을 것도 없다는 말이다. 무언가를 잃어야 얻는 것이 생기고 그것이 곧 배움인지도 모른다. 작가라면, 글을 쓰고 싶다면, 새로운 것을 모험도 해야 하고 새로운 시각에 대한 관심도 있어야 한다. 그러니 늘 깨어 있는 것이 글을 쓰는 사람의 준비자세다. 세상의 뒷면에서 세상을 보는 모험심을 잃지 말기를 바란다.

그리고 분명한 건 당신이 그 자리에서 움직이지 않는다면 아무것도 볼 수 없다는 사실이다. 하다못해 물놀이를 하기 위해 어딘가로 가려 해도 네이버 지도만 검색하지 말고, 대강의 위치만 확인한 채로 무조건 떠나보자. 그곳에 직접 가서 봐야지만 어느 주변 어디에 물이 있고 그늘이 있는지 구체적으로 알게 된다. 이렇게 상세한 것은 내가 가서 눈으로 봐야만 알 수 있다. 사실 우리도 정글이나 오지가 있다는 것 정도는 이미 다 안다. 하지만 모험가들이 그곳에 가서 직접 겪으면서 알게 된 새로운 사실들을 알고 싶은 것이다. 그러니 망설이지 말고 머뭇거리지 말고 일단 문밖으로 나서라.

《달과 6펜스》의 서머싯 몸은 젊은 작가들에게 이렇게 조언했다.

"작가가 되고 싶다면 인생의 모든 우여곡절을 겪어봐야 한다. 우여곡절은 앉아서 기다리는 사람에게는 찾아오지 않는다. 밖으로 나가서 찾아라. 때로 정강이가 까질 수도 있지만, 그런 경험을 언젠가는 요긴하게 써먹을 수 있을 것이다."

문밖을 나서는 순간 당신은 알게 될 것이다. 모험은 이미 시작되었고, 경험한 것과 경험하지 않은 것의 차이가 얼마나 큰지를 말이다. 내가 알고 쓰는 것과 추측으로 쓰는 것은 하늘과 땅만큼이나 차이가 있다. 그러니 모험을 떠나는 남자처럼 세상을 향해 담대하게 떠나고 깊숙이 파고들어라.

《지구 밖으로 행진하라》의 저자 한비야는 지구상 오지 곳곳을 다니며 세상을 향해 과감히 도전한 사람이다. 그녀를 보면 가장 부러운 것이 바로 기개다. 낯선 곳을 향해 거침없이 나서는 그 두둑한 배짱이 부럽다.

두려움을 모르거나 혹은 두려움에 맞서는 용기가 작가에게는 정말 필요하다. 글을 처음 쓰는 사람들이 흔히 갖는 두려움 중 하나가 내가 쓴 글이 어떤 평가를 받을지, 가족에게는 어떻게 비칠지 하는 것이다. 하지만 이런 평가에 대한 두려움을 떨치지 못한다면 평생 글을 쓰지 못할 것이다.

《법구경》에 이런 말이 나온다.

"육중한 바위가 바람에 움직이지 않듯 지혜로운 사람은 남의 칭찬이나 비난에 흔들리지 않는다."

이런저런 걱정이나 두려움을 떨쳐내야 작가로서 솔직한 글을 쓰게 된다. 그러니 대담한 모험가처럼 두려움 없이 써라. 당신의 진한 경험만큼 아름다운 진실은 없다.

04

길들여지지 않는 남자처럼 거친 매력의 글

거칠고 제멋대로인 남자는 나에게 길들여지지 않는다. 나에게 길들여지지 않는 야수 같은 남자는 분명 나쁜 남자다. 하지만 이 거칠고 터프한 남자에게 어쩐지 끌린다. 길들일 수 없는 남자는 언제나 아쉬움을 남기는 추억의 대상이지만, 어쩌면 가질 수 없기에 더 치명적인지도 모른다. 길들여지지 않는 야성을 가진, 제멋대로인 남자가 뿜어내는 거침없는 눈빛은 여자를 멈춰 서게 한다.

어리고 순수했던 사춘기 시절, 생텍쥐페리의 《어린왕자》를 읽었다. 그때는 조금 이해하기 어려웠는데 그래도 기억에 남았던 것은 바로 '길들여짐'에 대한 이야기였다.

사막에서 만난 여우가 어린왕자에게 말했다.

"나는 너에게 길들여지고 너는 나에게 길들여지는 거야."

사춘기가 지나 어른이 되고 사랑을 시작하면서 길들여진다는 것의 많은 의미를 비로소 깨달았다. 어른이 되어서 읽은 어린왕자는 완전히 새로운 이야기로 다가왔다. 사람과의 관계가 얼마나 중요한지를 깨달았고, 그 무렵 빠져든 김춘수의 시 〈꽃〉처럼 나도 누군가에게 꽃이 되고 싶었다. 하지만 내가 누군가에게 꽃이 되고 길들여지고 싶다고 해서, 그도 나에게 길들여지거나 꽃이 되고 싶어하는 것은 아니었다.

더욱이 길들여진다는 것이 단순히 사람 사이의 관계에 관한 것만이 아니라 사회와 개인이 연결된 관계라는 사실을 깨닫자 더 큰 충격을 받았다. 사회는 개인을 길들이고 개인은 알지 못하는 사이에 관습이나 규제에 매여 길들여지고 있다는 사실 말이다. 이를 깨달으면서 나는 또 다른 시각을 갖게 되었다.

그즈음 이주향의 《나는 길들여지지 않는다》란 제목의 책이 나왔다. 그 책은 제목만으로도 나를 흥분시켰다. '길들여지지 않음'에 대한 자각은 그렇게 시작되었다. 그것이 저항이든 반항이든 간에 나름의 멋이 있었다. 그래서인지는 모르겠으나 나는 남녀를 막론하고 궤도를 벗어난 듯한 삶에 매력을 느낀다. 길들여지지 않음에 대한 향수는 아직도 남아 있다. 하지만 여자에게 안정감을 주지 않는 제멋대로인 남자는 늘 힘들다. 다가가면 저 멀리 어딘가로 멋대로 가버리는 남자는 여자를 지치게 한다. 하지만 나와 직접 관계가 없는 남자라면 제멋대로 사는 남자에겐 당당한 매력이 있다.

글쓰기에서도 이런 남자처럼 '제멋대로'가 필요하다. 글은 두려워하지 말고 거침없이 써야 한다. 글쓰기에서 머뭇거리면 절대 끝 문장을 쓸 수 없을 것이다. 제멋대로인 남자는 세상에 대해서도 삐딱하다. 그래서 제멋대로인 것이다. 세상이 정해놓은 길은 인정하지 않는다. 자기가 만든 것만 길이라며 어려운 길을 골라서 갈지도 모른다.

우리도 삐딱한 남자처럼 세상일에 삐딱한 시선을 가질 필요가 있다. 너무 올바른 남자는 쉽게 질리는 것처럼 너무 올바르기만 한 시선도 지루하기 마련이다. 글을 잘 쓰고 싶다면 창의 틀을 바꾸어보라. 시각을 바꾸면 새로운 세상이 그곳에 있다. 당신에겐 다른 사람에게 해줄 수 있는 새로운 이야기가 생긴 것이다. 남들이 네모난 창으로 보는 세상과 당신이 별모양 창으로 본 세상은 분명 다를 것이다. 그래서 나는 가수 강산에의 〈삐따기〉가 참 좋다.

너무 착하게만 보이려고 안간힘을 쓰네.
너무 훌륭하게 보이려고 안간힘을 쓰네.

...

조금 삐딱하면 이상하게 나를 쳐다보네.

조금 삐딱하면 손가락질하기 바쁘네.

훌륭한 사람 착한 사람들이

모든 사람들이 자기들이 바르다고 하네.

오늘 하루도 그렇게 저물어가는데

...

그가 서 있는 땅 삐딱하게 기울어져 있네.

글을 잘 쓰려면 다른 시각에서 세상을 봐야 한다. 당연시되는 관습의 틀을 바꾸면 세상은 우리가 알던 곳과는 많이 다르다는 것을 깨닫게 된다. 그래야 사람들에게 하고 싶은 이야기가 생긴다. 그래야 사람들도 당신의 이야기에 귀를 기울인다. 뻔한 글만큼 뻔뻔스러운 것도 없다. '그가 서 있는 땅 삐딱하게 기울어져 있네'라는 구절처럼 그 기울어진 땅에 함께 서 있으면 자기가 삐딱하게 기울어져 있는지 알 수 없다. 또는 자기가 삐딱하게 서 있으면 다른 사람들이 삐딱해 보이는 법이다. 어느 곳이 똑바로 서 있는 땅인지보다 중요한 것은 내가 어디에 서 있느냐를 아는 것이다. 작가는 세상

속에서 항상 깨어 있어야 한다.

불교 용어에 '깨달음'과 '깨침'이 있다. 깨달음이 지적 세계에서 몰랐던 것을 새롭게 아는 지식 측면을 말한다면 깨침은 그 앎이라는 지적 세계 자체가 난파당하는 경험이라고 말한다. 작가에게 이런 깨침의 경험이 있다면 글에 날개를 다는 것과 같을 것이다. 날개가 없는 나비는 진정한 나비가 아니듯 생각의 폭이 좁은 작가는 진정한 작가라 할 수 없다. 우리 스스로 만들어놓은 규칙이나 논리를 깨는 자유로운 사고로 세상에 접근해야 한다.

작가는 자신이 서 있는 곳에서 본 세상을 보여주는 사람일 뿐이다. 당신이 글을 쓰고 싶다면 때로는 자신만의 틀을 만들기도 하고, 그것을 과감히 깨부수기도 해야 한다. 지금 당신을 둘러싸고 있는 틀을 깨라. 제멋대로라도 좋다. 세상에서 말하는 진실과 거짓의 경계에서 항상 날카롭게 서 있어야 한다. 눈을 번득이며 그 경계에 무엇이 있는지 찾아내려고 애써야 한다. 그래서 당신의 글은 가난하지만 비루하지 않게 사는 사람의 자존심 같아야 하고, 부자이지만 거들먹거리지 않고 사는 사람의 겸손함 같아야 한다.

우리가 글을 통해 말하는 것은 결국 인생 이야기지만 우리가 사는 삶의 평범함에는 거스르길 바란다. 조금 삐딱해도 좋다. 당신이 하는 이야기가 아무리 삐딱하더라도 그것이 진심이고 타당하다면 누군가에겐 철학이 될지도 모른다. 그렇게 길들여지지 않는 야

성처럼 당신의 감각과 지성을 마구 뿜어내라. 당신 안에서 또 다른 당신이 튀어나올 때까지.

하나를 붙잡았다면 끝까지 가보라. 가다가 중간에 그만두지 말고 끝까지 밀어붙여 보아라. 어떤 결론이 나올지 당신도 모른다. 세상은 늘 뜻대로 되지 않는 법이다. 도착한 곳에서 멈춰 주위를 돌아보면 당신은 아마 깜짝 놀랄지도 모른다. 그곳이 주는 섬뜩할 정도의 낯선 경험조차도 글로 승화시키고자 애써라. 그렇게 작가정신을 갈고닦아라.

작가란 글로 또 다른 삶을 산다. 어쩌면 당신과 당신의 글은 다른 인격체일지도 모른다. 내가 서 있는 곳에서 나를 벗어나지 않는 이야기만 하면 지극히 평범한 이야기만을 늘어놓게 될 것이다. 두려워 말고 나를 벗어나라. 그리고 현상에만 집착하지 마라. 현상 너머에 있는 본질을 보려고 노력해야 한다. 보이는 것만이 전부는 아니다. 글을 쓰려고 책상 앞에 앉은 순간부터 제멋대로인 생각의 끝을 붙잡고 달아나라. 저 멀리 세상 끝으로, 우주로, 아니면 당신의 기억 저편으로. 가고 싶은 곳 어디로든 가라. 누구의 말도 듣지 말고 당신의 글에 불을 질러라. 아주 제멋대로인 남자처럼.

남자가 아버지가 되었을 때

묵묵히 책임지는 아버지처럼

아버지의 눈물처럼

작가라는 이름에 충실하기 위해

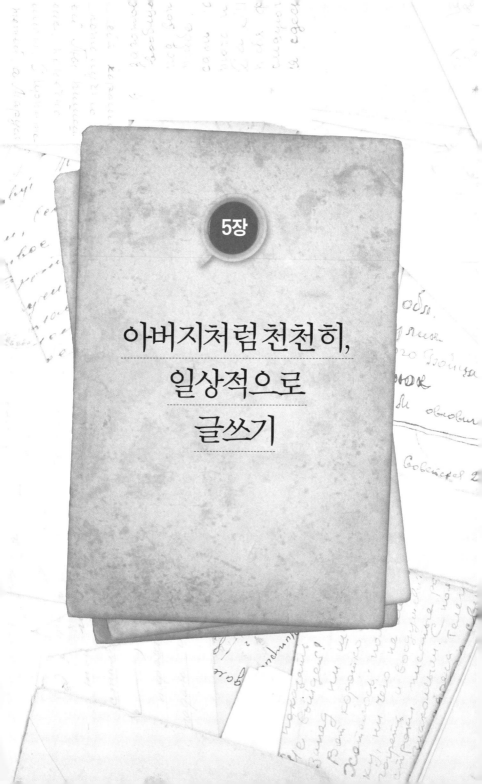

5장

아버지처럼 천천히,
일상적으로
글쓰기

01

남자가 아버지가 되었을 때

● 여자가 남자를 만나 사랑을 하면서 깨닫게 되는 사실 중 하나는 남자와 아버지는 다르다는 것이다. 분명 Y염색체를 가진 남성이라는 같은 성에 속하지만 남자와 아버지는 카테고리 자체가 다르다. 그래서 같은 사람을 두고도 여자 입장에서 보는 남자와 자식의 눈으로 보는 아버지가 다르다. 그러다가 내 남자가 아버지가 되는 모습을 지켜보며 또 다른 사실을 깨닫게 된다. 남자는 아버지가 되면서부터 철이 든다는 것을 말이다.

남자는 아버지가 되어야 비로소 자신의 터에 집을 짓는다. 아버지가 되어 책임감을 등에 졌을 때 비로소 남자는 인생을 말한다. 제멋대로이던 남자도, 이기적이던 남자도, 천둥벌거숭이처럼 야산을 쏘다니며 자유를 부르짖던 남자도, 아이가 태어나고 그 아이에게 '아빠'라고 불리는 순간 다른 인생을 산다.

대학을 졸업하고 서울로 올라와 혼자 자취하며 직장에 다니던 때다. 한 달에 한 번 정도 집에 내려가곤 했는데, 주말을 지내다 보면 꼭 시간이 늦어버려 월요일 새벽에 서울로 올라오는 때가 많았다. 겨울이어선지 새벽인데도 한밤중처럼 어둡던 어느 날이었다. 갈 준비를 마치고 현관을 나서서 보니 아버지께서 밖에 나와 계셨다.

"왜 나와 계세요?"

"어여~, 앞장서."

물어보는 말에는 대답도 않고 아버지는 나를 재촉하셨다. 집과 터미널은 멀지 않아서 걸어서 십 분이면 되는 거리였다. 내가 걷기 시작하자 아버지는 조용히 내 뒤를 따라오셨다. 어느 정도 가다가 뒤를 돌아보며 말했다.

"이제 들어가세요. 다 왔어요. 이젠 혼자 가도 돼요."

"어여~, 가기나 혀."

아버진 기어이 터미널까지 따라와 내가 버스에 올라타고 그 버스가 움직이기 시작하자 그제야 몸을 돌리셨다. 멀어지는 아버지의 구부정한 뒷모습을 보며 나는 콧등이 저렸다. 대학생 때도 아르바이트가 늦게 끝나는 날이면 아버지께서 버스 정류장에 마중을 나와 계시곤 했다. 휴대폰도 없던 시절이라 언제 도착할지 모르는 막내딸의 귀가를 마냥 기다리셨던 것이다. 그때 아버지는 나보다 두세 걸음 앞서 걸어가셨다. 아버지는 그렇게 앞에서, 때론 뒤에서 나의 길을 지켜주셨다. 그러고 보니 시간이 지날수록 아버지의 뒷모습이 조금씩 더 구부정해지고 있었다.

아버지의 뒷모습을 본 적이 있는가? 나이 들어 구부정한 아버지의 뒷모습에는 인생이 담겨 있다. 가족을 위해 평생을 지고 온 삶의 무게가 고스란히 얹혀 있다.

사람의 뒷모습은 간접적이다. 앞모습에서 보이는 즉각적인 이미지와 달리 뒷모습은 그 사람을 상상하게 하고, 무언가 드러나지 않은 또 다른 이야기를 하는 것처럼 보인다. 차마 대놓고 말하지 못하는 감추어둔 이면을 뒷모습은 짐작하게 한다. 뒷모습엔 억지로 꾸밀 수 있는 표정이 없다. 슬프면 슬픈 대로, 힘들면 힘든 대로, 그대로 비친다. 사랑에 빠지는 남자가 사람의 앞모습이라면 아버지는 사람의 뒷모습과 같다. 애정을 직접 표현하지 않고 멀리서 뒤따라오며 딸의 가는 길을 지켜주는 아버지처럼 그 사랑은 간접적이다. 남녀 간에 이렇게 간접적인 사랑이 가능할까. 아버지의 사랑은 멀리 있어도 사라지지 않는다. 그 이유는 사랑이 커서다. 멀리 있어도 느낄 만큼 아버지의 사랑은 넓고 크다. 아버지의 뒷모습은 그래서 늘 아련하다. 아버지의 뒷모습만큼 자식들의 눈에 오래 남는 것도 없다.

아버지의 뒷모습처럼 독자들의 기억에 오래 남는 글을 써라. 글에도 모두 드러내서 보여주는 앞모습만 있으면 깊이가 없다. 앞에서 보이지 않는, 아버지의 뒷모습 같은 이면을 보여주는 글을 써라. 우리는 그것을 승화라고도 한다. 표현하고자 하는 의도나 생각을 승화시켜서 글에 아버지 같은 인생을 품어라.

모든 예술에는 인생이 담겨 있다. 당신의 글에도 인생을 품어라. 자식들이 아버지의 뒷모습에서 느낀 뭉클한 인생을 가지고 열심히 자신의 길을 가듯 글도 사람들에게 기꺼이 삶을 지속할 수 있는 그 무엇을 주어야 한다. 한 남자가 아버지가 되면서 삶의 깊이를 알게 되듯, 당신도 글을 통해 삶의 깊이를 이루어내야 한다. 그러다 보면 남자가 아버지가 되듯 당신도 아마추어에서 진정한 작가로 거듭날 것이다.

아버지처럼 멀리서 삶의 길을 알려주는 글을 써라. 당신의 글을 다 읽고 나면 눈을 들어 저 하늘 끝에 시선을 던지는 여운을 남기도록 뒷모습을 실어라. 남자가 아버지가 되기는 쉽다. 그러나 아버지답기는 어렵다. 글쓰기도 쉬우려 들면 쉬울지 모르지만 글답게 쓰기는 쉽지 않다. 이제 남자는 자신의 아이들에게 뒷모습을 남긴다. 당신도 독자들에게 아련한 뒷모습을 남길 수 있는 글을 써라.

02

묵묵히 책임지는
아버지처럼

● '삐그덕' 하고 오늘도 대문이 열렸다가 닫혔다. 날마다 새벽이면 아버지는 대문을 나섰다. 가족을 위해 정해진 일터로 출근하는 반복적인 일상을 아버지는 묵묵히 해내셨다. 그렇게 가족의 생계를 책임진 아버지는 늘 시계처럼 정확했다. 이제는 늙어 온통 백발이 되었지만 일상은 여전히 시계처럼 정확하다.

평생 일만 하신 아버지 시계는 아직도 건재한 모습으로 제 역할을 하고 있다. 어린 시절엔 그런 아버지를 보면 제 몸보다 큰 짐을 지고 힘겹게, 그리고 바쁘게 일하는 개미 같다고 느꼈다. 누군가

남자 보는 눈으로 통달하는 발칙한 글쓰기

집과 일터에 선을 그어놓고 그 길만 다니라고 한 것처럼 아버지는 매일 집과 일터를 기계적으로 오가셨다. 아버지는 이 광활한 우주에서 살아가는 그저 작고 까만 개미였다. 아버지의 삶은 지극히 소박하고 단순했다.

서영은의 아주 오랜 작품인《노란 반달문》이란 소설에는 너무나 평범한 부모라서 싫어하는 주인공 여자애가 나온다. 그 아이는 노란 반달문 집에 사는 친구가 부러웠다. 그 친구의 엄마는 동네 사람들이 손가락질하는 술집을 하고 있었는데, 그것이 오히려 용기 있어 보였고, 멋져 보였다. 너무나 평범한 부모가 주는 답답함은 갑갑한 현실과 통했다. 샤프하지도 세련되지도 않은, 그저 밥벌이에 지쳐서 살아가는 평범한 부모에겐 남다른 특별함이 없었다. 어린 사춘기 계집애가 가질 법한 당돌한 불만이었다.

그 소설을 읽은 것이 스무 살 무렵이었는데 무척 공감했고, 그런 주제로 글을 쓰는 작가에게 푹 빠졌더랬다. 하지만 그렇게 당돌하던 어린 딸도 나이가 들면서 알게 된다. 그런 아버지의 단순한 일상이 있었기에 나와 가족이 세상이 존재할 수 있었다는 것을 말이다. 세상에는 변혁과 발전만 있는 것이 아니다. 우리 아버지들처럼 그 자리에 머물러 있는 듯 천천히 살아가는 사람들이 있기에 세상의 균형이 유지된다. 어쩌면 평범함이야말로 비범함의 극치일지도 모른다.

글쓰기도 아버지의 삶처럼 나의 길이라고 생각하고 묵묵히 성실하게 해야 한다. 하루도 빠지지 않고 일터로 나가는 아버지처럼 글쓰기도 반복적인 일상이 되어야 한다. 글쓰기가 예술이라 해도 하늘에서 불같은 영감이 떨어지는 일은 없다. 모든 위대한 예술가는 성실한 아버지처럼 글을 썼다. 하루하루 나의 일이라고 생각하며 글을 써야 한다. 그런 성실함이 없으면 글이 나아지지 않는다.

그러고 보면 나의 아버지도 위대한 삶의 예술가다. 하루하루 만들어간 아버지의 인생은 하나의 작품이 되었다. 그 작품이 위대한지 아닌지, 인기가 있는지 없는지, 훌륭한지 그렇지 않은지는 중요하지 않다. 작품을 만들기 위해 하루하루 성실하게 임했다면 그것으로 충분하다. 글쓰기도 이와 같다. 나의 글이 세상에서 반짝거리기를 기대하기보다 오늘 하루 내가 쓴 글이 있으면 된다.

미국 농구팀 코치였던 존 우든은 이런 말을 했다.

"다른 이들보다 더 잘하려고 노력하지 않아도 좋다. 그저 당신이 할 수 있는 한에서 최고가 되도록 노력하라. 물론 다른 이들에게 배울 필요는 있다. 그것을 막을 수는 없다. 그 대신 당신이 할 수 있는 최고의 노력을 기울여야 한다. 그것이야말로 당신이 할 수 있는 일이다."

모든 아버지는 자신의 능력 안에서 최선을 다해 일했다. 가족을 위해 말이다. 그것만으로도 아버지는 훌륭하다. 당신도 마찬가지다. 아버지의 무료한 일상처럼 글 쓰는 그 자리에 당신이 늘 앉아 있어야 한다. 그렇게 글쓰기도 일상이 되어야 한다. 밥을 먹듯이 늘 해야 하는 자연스러운 일이 되어야 한다. 그래야 작가가 된다. 글쓰기를 일상과 따로 떼어 특별한 일과로 만들어버리면 글이 삶을 반영하지 못한다. 삶이 녹아 있는 거장들의 글은 그래서 늘 생활이었다.

역설적이게도 이런 기계적이고 따분한 일상이 당신의 글을 비범하고 탁월하게 한다. 그렇게 아버지들은 자기 일을 '천직'으로 만들어갔다. 당신에게도 글쓰기가 '천직'이 되어야 이 세계에 완전히 몰입하게 될 것이다. 작가의 하루는 아버지의 하루와 다르지 않다. 아버지가 날마다 가족을 위해, 자신을 위해 일하듯이 작가 또한 자신을 위해 독자를 위해 글을 써야 한다. 아버지에게 직업이 생계를 위한 수단만이 아니라 가족의 안정을 위한 것이었듯 당신의 글쓰기도 단지 밥벌이 수단만이 아니라 다른 누군가를 위해 하는 일이기를 바란다.

미국 방송작가 글로리아 스타이넘은 이렇게 말했다.

"나에게 글쓰기는 '천직'의 세 가지 요건을 모두 갖춘 유일한 일이다. 첫째, 글을 쓰고 있을 때 나는 이것 말고 뭔가 다른 일을 하고 있어야 하는 것이 아닌가 하는 생각이 들지 않는다. 둘째, 글을 쓰면 성취감도 느껴지고 가끔이지만 자랑스럽기도 하다. 셋째, 무엇보다도 글쓰기는 두렵다."

당신의 글쓰기도 이러한가? 당신이 찾아낸 글쓰기에서 스스로 행복하고 만족스러운가? 거기에 더해 당신의 모습이 아버지의 시계와 닮아 있다면 그걸로 되었다.

03

아버지의
눈물처럼

● 남자는 평생 딱 세 번 운다고 한다. 하지만 우리는 알고 있다. 이게 새빨간 거짓말이라는 것을. 실은 남자도 잘 운다. 적어도 사는 동안 세 번보다 많이 우는 것만은 확실하다. 그런데 남자는 사회적인 공간이 아니라 사적인 공간에서 더 잘 운다. 남자의 자존심이, 사회적 환경이 남자로 하여금 방구석에서 혼자 울도록 만들었다. 나의 아버지도 잘 우시는 편이다. 남자치고는 눈물을 자주 보이던 분이라 남자가 우는 모습에는 익숙한 편이다. 하지만 아버지의 눈물 중에서도 가슴에 박혀 지워지지 않는 눈물이 있다.

그날 아버지는 아무 말씀도 안 하셨다. 말없이 담배만 피우시던 아버지를 식당으로 모시고 간 건 나와 큰언니였다. 며칠째 식사다운 식사를 못 하시는 아버지가 걱정돼서이기도 하지만 큰오빠의 장기기증 결정을 내려야 하는 마지막 날이기도 해서다. 큰오빠는 며칠째 중환자실에 누워 있는 뇌사상태였다. 아버지도 오늘은 결정을 해야 한다는 것을 이미 알고 계셨지만 말씀이 없으셨다. 그래서 우리가 다시 말씀을 드렸다. 아버지는 우리가 하는 말을 듣고만 계셨는데 때마침 주문한 음식이 나왔다.

입을 굳게 다물고 계신 아버지의 손에 언니가 수저를 쥐여 드렸다. 아버지는 들고만 계시던 수저를 한두 번 움직이시더니 점점 더 열심히 설렁탕을 드셨다. 이상하리만치 식사가 길어지고 있었다. 그렇게 의사에게 갈 시간이 다 되어갔다.

아버지의 식사가 끝나길 기다리던 언니가 입을 떼었다.

"아버지, 빨리 가야 해요. 의사가 오래요."

앞에서 언니가 반쯤 일어선 자세로 몸을 숙여 큰 소리로 말하는데도 아버지는 이렇다 할 반응을 보이지 않으셨다. 마치 아무것도 들리지 않는 사람처럼 고개를 설렁탕에 박고는 수저를 놓지 않고 계셨다. 보다 못한 언니가 아버지의 숟가락을 뺏어 들고 내려놨다.

"인제 그만 드세요. 의사가 아까부터 기다린대요. 가봐야죠."

아버지 손을 잡아끌다 언니가 우뚝 멈췄다. 아버지는 설렁탕을

드시고 계셨던 것이 아니다. 아버지는 울음을 드시고 계셨다. 아버지의 얼굴에선 눈물과 콧물이 범벅된 채 줄줄 흐르고 있었다.

"알았어요. 아버지, 천천히 가요…. 천천히…."

우리는 애써 고개를 돌렸다. 저 멀리 하늘엔 구름 한 점 보이지 않았다.

그날 아버지는 밥을 늦게 먹어서라도 그 시간을 늦추고 싶었던 걸까. 사실 지금도 난 잘 모르겠다. 하지만 그때 아버지의 눈물은 내 기억에서 절대 사라지지 않는다.

이렇게 잊히지 않는 아버지의 눈물처럼 잊히지 않는 글을 써라. 누군가의 인생에서 잊히지 않는 글을 쓴다는 것은 얼마나 아름다운 일인가. 수많은 눈물처럼 우리에겐 수많은 삶의 이야기가 있다. 하지만 기억에서 지워지지 않는 글은 많지 않다. 그런 글을 쓰는 게 쉽지 않아서이기도 하지만 무엇보다 그런 글은 작가가 욕심을 부린다고 해서 시작되는 게 아니기 때문이다. 욕심이 들어가면 억지로 꾸미기에 급급해진다. 그런다고 될 일이 아니다. 그것은 마치 자연의 섭리처럼 지극히 마땅하고 자연스럽게 이루어진다. 그러니 누군가에게 '아버지의 눈물'처럼 쿡 박히는 글을 쓰기 위해서는 당신의 내면을 늘 살피고 닦아야 한다.

좋은 작가가 되려면 마치 '도'를 닦듯이 살아야 한다. 날마다 나를 살피고 다듬어서 깨어 있는 정신으로 세상과 나를 살펴야 한다. 그래야 누군가의 삶에 스며드는 글이 나온다. 작가가 단지 부와 명예를 위해 글을 쓴다면 그건 글 장사꾼밖에 안 된다. 적어도 글 안에 자신의 철학을 넣어야 한다. 그것이 설령 하찮은 개똥철학이라도 당신이 굳건히 믿고 있고, 또 삶의 과정에서 스스로 검증한 것이라면 모두 나름의 가치가 있을 거라고 확신한다. 이 세상에 정답은 없지만 정답에 가까운 것은 있을 수 있다. 작가로서 당신이 가야 할 길을 따라 도를 닦듯 수행을 하듯 간다면 그 자체가 정답일 테니 말이다.

글을 치장하려고 애쓰지 말고 자신의 내면을 보살펴야 고결한 글이 나온다. 작가의 순수하고 고귀한 영혼이 담긴 글은 누군가의 가슴을 반드시 흔든다. 뇌리에 박힌다. 그래서 다른 누군가의 삶을 이어주는 다리가 된다. 그렇게 조금 큰 목적으로 써라. 인류사에 길이 남을 걸작을 쓰겠다는 거창한 목적을 말하는 게 아니다. 아버지가 자식의 삶에 보탬이 되고자 수많은 이야기를 들려주듯이 당신이 하는 이야기가 독자에게 도움이 되기를 바라는 마음으로 시작해라. 내가 보기에 글재주는 그다음이다. 기술은 마음이 준비되면 일사천리로 배워진다.

글쓰기에도 기술적인 부분이 반드시 필요하지만 기술보다 중요한 것은 작가가 품고 있는 생각이다. 기술이 뛰어나면 깔끔하고 완벽한 문장을 만들지는 모르나 사람의 가슴을 울리는 건 기술이 하는 게 아니다. 당신의 내면이 하는 일이다. 그래서 기술자와 예술가는 같은 '기술'이 있지만 길이 다르다.

아버지의 술잔에는 눈물이 반이라고 한다. 작가의 술잔에는 무엇이 반이어야 할까. 스스로 생각해볼 일이다. 작가의 술잔에 무엇이 담기느냐에 따라 독자를 취하게도, 눈물을 흘리게도 할 터이다.

04

작가라는 이름에
충실하기 위해

● 예전엔 아이들이 잘못하면 동네 어른들이 이렇게 물으셨다.

"네 아버지 이름이 뭐냐?"

동네에서 양아치 노릇을 해도 어르신들이 불러세워 놓고 물으셨다.

"너 뉘 집 자식이냐?"

요즘이야 애들이 더 무서운 세상이 되었지만 예전엔 아버지의 이름을 대라는 말은 어른들이 하는 훈계의 한 방식이기도 했다. 그때는 아버지의 이름이 곧 나의 이름이기도 했다.

아버지는 아이가 태어나면 이름을 지어준다. 귀하고 소중한 아이

일수록 좋은 의미를 담은 이름을 지어주려 노력할 것이다. 그렇다면 당신은 스스로에게 어떤 의미를 담은 작가의 이름을 선물하고 싶은가? 보다 진지한 시간을 가져볼 일이다. 앞서 걸어간 위대한 작가들이 많다. 그런데 그냥 아버지가 간 길을 무작정 따라만 가면 아버지와 같은 길을 갈지는 모르지만 아버지를 넘어서지는 못한다. 앞서 걸어간 위대한 작가들이 어떤 길을 갔기에 그런 위대한 작품을 남길 수 있었는지 성찰하지 못한다면 그들이 간 길을 따라가기도 벅찰 것이다. 작가로서의 생활은 단순하고 소박해야 하지만 그 정신만큼은 거장의 곁에 두어라.

당신이 가야 할 작가의 길을 선택해야 한다면 어떤 작가로 이름을 남기고 싶은가? 이름을 남기는 것이 목적이 아니라 자신의 이름에 작가라는 가치를 부여해야 한다. 작가의 이름에 충실한 글을 쓰기 위해 먼저 작가의 삶을 충실히 살아야 한다. 단지 책을 내기 위해 시대의 유행을 쫓아가는 글 장사꾼으로 살아가지 말고 진정한 작가의 이름으로 남기를 꿈꿔라. 아버지가 물려주신 이름이 아니라 진정한 작가의 이름으로 살기 위해 날마다 스스로를 갈고닦아라.

야마오카 소하치의 《대망》에는 이런 말이 나온다.

"사람의 크기는 무엇에 집착하느냐에 달려 있다."

당신이 글을 통해 부와 명예를 얻으려고 한다면 운이 좋으면 그냥 작가가 될 것이다. 하지만 당신이 보다 높은 가치에 작가의 뜻을 둔다면 진정한 작가의 삶을 얻게 될 것이다. 무엇이든지 그 안에 무엇을 담고 있느냐가 중요하다. 아무리 화려한 잔이라도 그 안에 그윽한 술이 담겨 있느냐 모래가 담겨 있느냐에 따라 확연히 다르다. 그리고 그에 따라 하는 역할과 가치가 달라지는 것이다. 당신이 작가로서 자신의 이름을 걸고 글을 쓴다면 더 성실하고 진지해질 것이다.

남자가 자신의 아버지를 흉내 내기도 하고 비판하기도 하면서 또 다른 아버지가 되듯이, 당신도 위대한 작가를 따라가면서 당신의 이름을 작가의 반열에 올려놓아라. 남자는 자신의 아버지를 떨쳐내야 크게 될 수 있다. 아버지가 큰 인물일수록 아들은 아버지의 그늘을 벗어나기 힘들어한다. 거장의 작품들을 보면서 당신이 느끼는 부족함처럼 말이다. 하지만 진정한 남자가 되려면 아버지를 벗어나야 한다. 아버지를 발판 삼아 딛고 일어서야 하듯이 당신도 거장들을 발판 삼아 딛고 올라서야 한다. 항상 앞서 걸어간 이들의 길에서 배워라.

20세기 중엽에 활동한 미국의 여성 작가 캐서린 앤 포터는 이런 말을 남겼다.

"내 경우 글쓰기의 동기는 일급 작가가 된다는 영광스러운 꿈이었다. 돈도 명성도 바라지 않았다. 오로지 내가 중요하다고 여기는 것을 말하고 싶었을 따름이다. 위대함에 집착하지 않았다면 지금과 같은 성취는 이루지 못했을 것이다. 아무도 내게 약속하지 않았다. 나의 재능을 알아준 사람도 없었고, 내가 쓴 글을 한 줄이라도 읽어주는 사람이 없었다. 공짜로 얻을 수 있는 것은 전혀 없었다. 모든 것을 내가 직접 얻어내야 했다. 무엇보다도 나는 돈을 위해 글을 쓰지 않았다. 글쓰기는 비즈니스가 아니다. 글쓰기는 예술이다."

작가의 이름에 걸맞게 살기 위해 늘 스스로를 담금질하고 성실하게 노력한다면 당신의 글에는 반드시 무언가가 담긴다. 독자들은 그것을 읽어낼 것이고 당신은 작가로서 뿌듯함을 느끼게 될 것이다. 그러니 우리의 아버지처럼 삶에서 주어지는 모든 고난을 기꺼이 짊어지는 의연한 태도로 작가의 길을 가자. 그 길 위에서 당신의 글은 탄생한다.

당신은 이제 작가의 이름으로 세상에 존재한다. 당신은 어떤 작가가 되고 싶은가? 당신의 글에 '무엇'을 담아내고 싶은가? 당신은 이제 작가의 길에 들어섰다. 작가로 인정받는 사람은 오래도록 글을 쓴 사람이다. 오랫동안 글을 쓰려면 어떤 하루를 보내야 할지 당신은 이미 잘 알고 있다. 작가는 글로 말한다. 자, 이제 책상 앞에 앉아 글을 쓰기 시작할 시간이다.

курт уние пот пре
а уне в Лиши, от тебя
смиесо. мя уне пот
е. Прии в птане было

ак пл
таким
1 нюня
аботать
спитать

ирать

ете
подан
пнесо
мне
адеее
подумал
покрои
ненадо

작가의
꿈을 이루는
28주 트레이닝 캠프

이 부록은 글을 쓰고 싶거나 실질적으로 책을 내려면 어떤 과정이 필요한지 궁금해하는 분들을 위해 준비했다. 글쓰기란 어떻게 보면 추상적인 작업이다. '이렇게 써라' 하고 단정적으로 말할 수 있는 것이 절대 아니다. 비법이라는 것이 있을 수도 없지만, 아무리 좋은 방법이 있다 해도 자신이 성실하게 직접 체득하지 않으면 아무 성과가 없다. 그렇지만 너무나도 막연한 상태에서 헤매는 것보다 첫발을 디딜 수 있도록 누군가 이끌어준다면 큰 도움이 될 것이다. 여기서 그 현실적인 조언을 하고자 한다.

이 트레이닝 캠프는 내가 참여하고 있는 '꿈꾸는 만년필'이라는 작가 되기 코칭 프로그램의 52주 과정을 바탕으로 만들었다. 다시 말해 일 년 과정을 절반 정도로 단축한 속성 과정이라 하겠다. 전체 과정이 아니긴 하지만 꼭 필요한 과정은 모두 담았다.

주별로 세 개 정도의 미션을 제시하였는데, 한 주에 소화하기가 쉽지 않은 것도 있을 것이다. 그럴 때는 두 주에 걸쳐 해내거나 자신에게 걸맞게 변형해도 된다. 그리고 새로운 미션을 추가하는 것도 좋은 방법이다. 어쨌든 중요한 것은 각 미션을 허투루 넘기지 않고 반드시 완수하는 것이다.

아무튼 여기 소개하는 각 과정은 내가 경험한 것들이고, 지금 현재도 작가가 되기를 꿈꾸는 예비 작가들이 실천하고 있는 프로그램이기도 하다. 당신에게도 도움이 되기를 바란다.

어포던스의 법칙 1

어포던스의 법칙이라는 말이 있다. 어포던스(affordance)란 어떤 형태나 이미지가 행위를 유도하는 힘을 말한다. 이에 가장 먼저 할 일은 작가로서 환경을 세팅하는 것이다. 작가의 환경을 만들어놓음으로써 행동을 끌어올리기 위해서다. 환경이 주어지면 행동하기가 훨씬 쉽다. 어떤 상황에서 어떤 옷을 입고 있느냐에 따라 마음가짐이나 행동이 달라진 경험이 있을 것이다. 흔한 예로 멀쩡한 남자도 예비군복을 입혀놓으면 달라지는 걸 생각해보면 알 수 있다. 당신의 환경을 작가로 만들어놓으면 작가로서 해야 할 행동이 뒤따라올 것이다.

1. 나만의 집필 공간을 꾸며라

가장 먼저 할 일은 홀로 글을 쓸 수 있는 독립된 공간을 꾸미는 것이다. 세일즈를 하는 사람들에게 통하는 불문율이 있다. 세일즈를 시작하기 전에 명함을 만들거나 노트북을 준비하거나 멋진 의상을 준비하는 사람이 영업 실적이 월등히 좋다는 사실이다. 작가로서

첫 번째 준비는 글을 쓰기 위한 집필 공간을 만들어놓는 것이다. 나만의 공간이 생기면 글을 쓰기가 쉬워진다. 그렇게 하지 않았을 때보다 훨씬 많은 결과물이 나온다. 그러니 방문을 걸어잠글 수 있는 공간을 확보해라. 집안의 자투리 공간이어도 좋다. 넓지 않아도 좋으니 나만의 공간을 찾아라.

2. 커다란 책상을 준비해라

작가마다 글을 쓰는 스타일이 다르지만 커다란 책상은 실제적인 작가의 작업 공간이다. 책상 위에 컴퓨터나 노트북, 책이나 필기류가 놓여 있어야 글을 쓰다가 일어서서 왔다갔다하는 번거로움을 피할 수 있다. 그래야 집중할 수 있다. 어느 정도 커야 하는가는 사람에 따라 다른데, 당신이 작업할 때 늘어놓는 편이라면 일반 책상보다 조금 더 큰 책상을 준비하는 게 좋다. 하지만 당신이 차분하게 집중하는 편이라면 작은 책상이나 옆이 막힌 도서관 책상이 더 좋을 것이다. 작업 스타일에 따라 자신에게 맞는 책상이면 된다. 이제 책상 위에 글을 쓰기 위한 도구들을 가득 채워놓아라. 글쓰기가 훨씬 수월해진다.

3. 나만의 노트북이나 컴퓨터를 장만해라

거실에 두고 온 가족이 쓰는 컴퓨터나 노트북 말고 나만의 것을 준비해라. 그리고 아무도 만지지 못하게 해라. 이건 말하자면 당신의 글로 가득 채울 세상을 얻는 것이다. 요즘은 값싸게 살 수 있는

노트북도 많다. 일이 생겨서 외출하거나 여행을 가는 등 집이 아닌 다른 곳에서 글을 쓰려면 노트북은 꼭 있어야 한다. 너무 크지 않은 것이 가지고 다니기에 좋다. 요즘엔 블루투스 키보드가 있어서 밖에서는 태블릿PC나 스마트폰을 이용하여 글을 쓰는 사람도 있다. 이 또한 자신에게 맞는 방법으로 하면 된다. 아무튼 나만의 작업용 노트북은 가지고 있어야 한다.

4. 실천사항을 기록이나 사진으로 남겨라

지금부터 하는 모든 일은 사진이나 기록으로 반드시 남겨놓아라. 그리고 블로그에 카테고리를 만들어서 올려놓아라. 방문객에게 공개해도 좋고, 그게 싫다면 비공개로 설정하면 된다.

─────────── **도움이 될 만한 책들** ───────────

《작가의 방》, 박래부, 서해문집
《누구나 한 번쯤 꿈꾸는 나만의 첫 책쓰기》, 양정훈, 판테온하우스

─────────────────────────────────

어포던스의 법칙 2

1주차에서 하드웨어 부분을 준비했다면 이번 주는 소프트웨어를 준비한다. 스티븐 스필버그는 감독으로 데뷔하기 전에 이미 스스로 감독이었다. 당신도 작가로 데뷔하기 전에 이미 작가여야 한다. 그러기 위해선 외부적 시스템을 갖추는 것뿐 아니라 내부 시스템을 갖추는 것이 무척 중요하다. 아무리 번듯한 물건을 구해도 그것을 사용하지 않으면 결국 고물이 될 뿐이다.

1. 보물지도를 만들어라

먼저 코르크로 된 적당한 크기의 보드를 준비해라. 그런 다음 자신이 이루고 싶은 작가의 모습이나 꿈을 사진이나 글로 써서 붙여놓아라. 이때 중요한 것은 자신이 바라는 모습을 매우 구체적으로 그려야 한다는 점이다. 시기도 구체적으로 적고, 자신의 미래 모습을 말해줄 사진을 찾아서 붙여라. 자신이 이루고 싶은 일을 눈에 보이게 만들어서 책상 앞에 붙여놓아라. 그런 다음 사진으로 찍어서 휴대폰 액정화면에도 넣어라. 이번엔 작게 출력하여 수첩에 끼

우고 다녀라. 당신의 꿈을 늘 몸에 지니고 다니면서 수시로 봐라.

2. 마음에 드는 만년필과 필사노트를 장만해라

작가에게 만년필은 일종의 무기다. 요즘은 대개 컴퓨터로 작업하지만 만년필은 일종의 상징물이기도 하다. 당신이 작가가 될 거라는 다짐을 하는 것이다. 물건을 산다는 것은 하고자 하는 일을 행동으로 옮기는 행위이고 그에 대한 값을 치르면서 한 번 더 자신의 꿈을 상기하게 된다. 만년필의 가격은 몇천 원부터 심지어 몇천 만 원까지 천차만별이다. 굳이 비싼 만년필을 살 필요는 없다. 비쌀수록 더 훌륭한 작가가 된다는 공식 같은 건 없으니까. 오히려 저렴한 만년필이 날마다 필사하기에 편하고 가볍고 부담스럽지 않아서

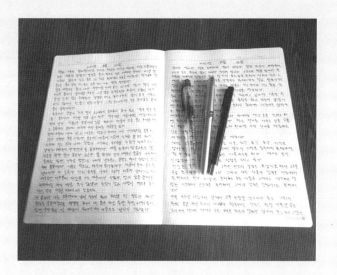

좋다. 그러다 어느 정도 시간이 지나면 그간 노력한 보답으로 자신에게 조금 좋은 만년필을 선물하라. 느슨해진 스스로를 다독이고 동기부여의 계기로 삼을 수 있다.

그리고 그 만년필로 필사할 노트를 준비한다. 필사를 처음 시작할 때는 두께가 얇은 것이 좋다. 얇은 노트는 빨리 채울 수 있어서 한 권이 채워질 때마다 느끼는 성취감을 보다 빨리 얻을 수 있다. 게다가 두께가 얇으면 가벼워서 어디든지 들고 다니기에 좋다. 그러다 습관이 들면 두꺼운 노트로 바꾸어도 좋다. 이것도 자신에게 맞는 방법으로 하면 된다.

3. 카메라를 준비해라

작가는 탐험가다. 일상에서 일어나는 수많은 일에서 자신만의 글감을 찾아야 한다. 카메라는 그 순간의 단상이나 이미지를 잡아두기 위해 반드시 필요하다. 요즘은 스마트폰에 달린 카메라도 훌륭하다. 어느 것이라도 좋다. 당신이 길 위에서 셔터를 누르는 것이 중요하다. 당신은 이제 어디를 가든 보고 듣는 모든 것을 글로 만들기 위해 고심해야 한다. 그것이 작가가 되기 위한 일차적인 연습이다. 그렇게 글감이나 단상을 채집해라. 영상을 포착했으면 짧게라도 내용을 기록해둔다. 쓰기 어려운 상황이라면 녹음을 해라. 몇 마디라도 나중에 글로 옮길 때 그 효과를 알게 된다. 요즘은 스마트폰에 녹음 기능이 있어서 간편하게 할 수 있다.

4. 실천한 사항을 기록으로 남겨라

이번 주차에 한 행동을 반드시 기록으로 남겨라. 당신의 블로그에도 올려라.

───────────── 도움이 될 만한 책들 ─────────────

《보물지도: 당신의 소중한 꿈을 이루는》, 모치즈키 도시타카, 나라원
《당신도 베스트셀러 작가가 될 수 있다》, 앨리슨 베이버스톡, 쌤앤파커스

나는 작가다 1

이제 모든 환경을 만들었다. 이제 본격적으로 당신의 내면을 만들 차례다. 당신은 작가다. 하지만 어떤 작가가 되고 싶은지 생각해본 적이 있는가? 지금까지 생각만 하고 있던 작가로서의 하루를 시작해자. 이번 주차부터는 본격적으로 글을 쓰기 시작한다. 여기 주어진 모든 미션의 분량은 A4 용지 기준이다. 제시된 분량 역시 반드시 지켜야 한다.

1. 작가란 어떤 사람이라고 생각하는가?(2장)

당신이 생각하는 작가란 어떤 사람인가? 먼저 당신이 알고 있는 작가를 떠올려보라. 이외수, 조정래, 박완서, 헤르만 헤세 등 수많은 작가가 떠오를 것이다. 그들이 끼친 사회적 영향력을 생각하면서 써보자. 당신은 작가가 무엇이라고 생각하는가? 단지 직업일까? 직업 이상의 의미가 있다면 무엇일까?

2. 어떤 작가가 되고 싶은가?(2장 이상)

당신은 글을 쓰고 싶어서 이 책을 샀을 것이다. '나는 어떤 작가가 되고 싶다'는 생각을 한 번이라도 해본 적이 있을 수도 있고 없을 수도 있다. 하지만 글을 쓰려고 마음먹었다면 어떤 작가가 되고 싶은지 꼭 한 번은 생각해봐야 한다. 이것은 마치 문턱을 넘는 것과도 같은 일이다. 내가 어떤 길을 갈 것인지 생각하고 길을 나서는 것이니까 말이다. 글을 쓸 때 당신이 좋아하는 작가를 떠올려서 인용해도 좋고, 감명 깊게 읽은 책에서 인용해도 된다. 왜 글을 쓰려 하는지 그래서 어떤 작가가 되고 싶은 것인지 당신의 이야기를 풀어내 보라.

3. 작가 사명서를 작성해라(1장)

당신은 작가란 어떤 사람인지 그리고 어떤 작가가 되고 싶은지 생각해보는 시간을 가졌다. 그럼 이제 작가 사명서를 작성해보라. 당신이 작가로서 무엇을 할 것이고 글을 쓸 때 어떤 마음가짐으로 임할 것인지 등 자신이 생각하는 작가의 다짐이다. 다 작성했으면 반드시 프린트하여 보물지도와 함께 붙여놓아라.

4. 실천 사항을 기록으로 남겨라

이번 주차에 실천한 미션을 기록으로 남겨라. 간단하다. 블로그

유나경의 작가 사명서

1. 나는 작가로서 삶을 살아갈 것이며, 다른 사람에게 좋은 영향을 주는 좋은 작가가 되기 위해 항상 노력할 것이다.

2. 나는 좋은 작가가 되기 위해 날마다 글을 쓸 것이다.

3. 나는 늘 세상에 호기심을 가지고 늘 탐구하며 생각할 것이며 좋은 글을 쓰려고 항상 노력할 것이다.

4. 나는 좋은 작가가 되기 위해 날마다 책을 읽으며 공부를 할 것이다.

5. 나는 좋은 작가가 되기 위해 세상에 대한 따뜻한 시선을 항상 유지할 것이다.

6. 나는 글을 부와 명예를 위해서만 쓰지 않을 것이다.

7. 나의 글은 항상 다른 사람을 위해서 쓸 것이다.

8. 나는 인생의 큰 의미를 깨달은 작가가 되기 위해 항상 노력할 것이다.

9. 작가는 나의 천직이다.

10. 글을 써서 사회와 사람들에게 도움이 되며 살라는 것을 하늘이 주신 천명임을 항상 기억한다.

에 올리면 된다.

도움이 될 만한 책들

《글쓰기의 공중부양》, 이외수, 해냄출판사
《황홀한 글감옥》, 조정래, 시사인북
《유혹하는 글쓰기》, 스티븐 킹, 김영사

나는 작가다 2

책을 쓰는 것에 대해 더욱 구체적으로 생각할 차례다. 이제 당신은 작가로서 내면을 만들기 위한 구체적인 행동을 시작해야 한다. 무엇이든지 구체적이지 않으면 행동하기 어렵다. 이런 미션을 통해 당신은 점점 작가가 되어간다.

1. 주변 사람 열 명에게 작가가 되려 한다고 알리고 소감문을 작성하라(2장)

지금 당장 친구나 가족에게 전화를 걸어서 일 년 후나 이 년 후엔 책을 낼 계획이라고 말해라. 기간을 확실히 정해놓는 것이 좋다. 당신이 이런 소식을 전했을 때 주변 사람들이 어떤 반응을 보이는지 잘 살펴라. 아마 많은 생각을 하게 될 것이다. 주변 사람들의 반응을 보고 용기가 생기기도 하겠지만 풀이 꺾일 수도 있다. 나쁜 피드백을 받았다 해도 너무 영향을 받지 마라. 중요한 것은 이렇게 말해놓아 당신의 행동력을 높이는 것이다. 사람들의 반응을 접하고 소감문을 작성해라.

2. 일 년 후 작가가 되어 있을 나의 하루를 정리하라(2장 이상)

주변의 피드백이 긍정적이든 부정적이든 그들에게 공개적으로 선언한 이상 당신은 이제 작가다. 일 년 후 당신이 작가가 되어 있을 하루를 생생하게 표현해보자. 구체적이고 상세할수록 좋다. 아마 즐거운 작업이 될 것이다.

3. 십 년 후 작가가 되어 있을 나의 하루를 정리하라(2장 이상)

이번엔 기간을 늘려서 십 년 후 작가로서 살아가는 나의 하루를 써보자. 분명 일 년 후의 하루와는 다를 것이다. 범위도 넓어지고

2016년 작가의 삶을 살고 있는 나의 모습

더 진지한 마음이 될 것이다. 십 년이면 강산도 변한다고 했다. 십
년이란 기간은 일종의 전환기일 수도 있다. 그것이 외부적인 것이
든 내면적인 것이든, 십 년이라면 당신은 분명 지금과는 다른 생활
과 생각을 할 것이다. 상상력을 동원해서 즐거운 마음으로 써보자.

: 5주차 :

작가처럼 읽으라

작가가 되고자 한다면 가장 먼저 해야 할 일은 책과 함께하는 일상
이다. 손에서 책을 놓지 말아야 한다. 글을 쓰려고 마음먹었다면
이전처럼 책을 마음 내키는 대로 읽으면 안 된다. 체계를 잡고 계
획을 세워 읽어야 한다. 그러니 읽을 책을 선정하는 기준도 달라져
야 한다. 그리고 이전엔 읽고 나서 책을 덮으면 끝이었지만, 이제
는 읽고 나면 반드시 글이라는 결과물을 남겨야 한다. 말 그대로
작가처럼 읽어야 한다.

1. 적어도 일주일에 두 권은 읽어라

일주일에 두 권을 읽으면 최상이다. 더 읽어도 좋고 한 권이라도

좋다. 여기서 중요한 것은 날마다 책을 읽어야 한다는 것이다. 이렇게 일주일에 두 권이면 한 달이면 여덟 권에서 열 권 정도 된다. 많은 것 같지만, 일 년을 해야 고작 백 권이다. 독서에 관련된 책도 많이 나와 있다. 이전에 이런 종류의 책을 읽지 않았다면 이제 꼭 읽어라. 그리고 책은 반드시 사서 읽어라. 빌려서 읽는 책도 좋지만 당신에게 필요하다고 생각되는 책은 반드시 갖춰두어야 나중에 도움을 받을 수 있다.

2. 다양한 분야를 읽어라

당신이 작가 되기 프로그램 같은 곳에 참가하고 있지 않고, 독서 모임에도 가입하지 않았다면 어떤 책을 읽어야 하는지 결정하기 어려울 것이다. 한 달을 기준으로 했을 때 당신이 쓰고자 하는 분야의 책과 그렇지 않은 분야의 책을 다양하게 섞어서 읽어라. 도서 목록을 만드는 것도 좋은 방법이다. 분야별로 읽고 싶은 책이나 관심 있는 분야 혹은 화제가 된 책을 목록으로 만들어보자. 아니면 일종의 버킷리스트처럼 읽고 싶은 책을 쭉 적어놓는 것도 좋다. 대형 서점에 가거나 인터넷 검색을 하다가 읽고 싶은 책이 눈에 띄면 즉시 리스트에 추가해라.

3. 반드시 서평을 써라(1장 이상)

책을 읽는 것으로 끝내면 절대 안 된다. 필사도 해야 하지만 반드시 서평을 써야 한다. 그리고 책을 읽으면서 좋다고 느낀 부분이나 나중에 인용하고 싶은 부분은 반드시 표시를 해놓아라. 줄을 치거나 포스트잇을 붙여도 좋고 그 페이지만 접어도 좋다. 그리고 뒤에서 다루겠지만 다 읽고 나면 반드시 서평을 써라. 다 쓴 서평은 블로그나 인터넷 서점 서재에 반드시 올려라.

────────────── 도움이 될 만한 책들 ──────────────

《창조적 책읽기, 다독술이 답이다》, 마쓰오카 세이고, 추수밭
《전략적 책읽기: 지식을 경영하는》, 스티브 레빈, 밀리언하우스
《독서천재가 된 홍대리》, 이지성 · 정회일, 다산북스

─────────────────────────────────

: 6주차 :
필사를 시작하라

이제 준비는 끝났다. 당신은 환경도 마음가짐도 모두 갖췄다. 이제부터는 작가가 되기 위해 체계적으로 시작해야 한다. 작가란 날마다 글을 쓰는 사람이다. 그러니 날마다 책을 읽고 글을 써라. 학생이

날마다 공부하는 것처럼, 직장인이 날마다 업무를 하는 것처럼 작가라면 작가로서 날마다 할 일이 있다. 가장 먼저 할 일이 필사다.

1. 필사는 날마다 해라

2주차 어포던스의 법칙에서 말한 큼직한 필사노트와 만년필로 필사를 시작한다. 필사란 본래 소설 지망생들이 선배 작가의 책을 그대로 베끼는 것을 말한다. 하지만 소설 지망생이 아니더라도 글을 쓰고 싶다면 다른 사람의 글을 체득할 필요가 있다. 소설 지망생들이 필사를 하는 이유는 기성 선배의 글을 베낌으로써 문체나 표현을 습득하기 위해서다. 어느 분야의 책이든 상관없다. 소설이든 자기계발서든 당신도 책을 읽는 도중이나 읽고 나서 좋은 구절을 베끼도록 해라. 아마 이 책을 읽는 사람 중에는 이미 책을 읽으면서 메모하는 게 습관이 된 사람이 있을 것이다. 하지만 하루 두 페이지씩 날마다 규칙적으로 하지는 않았을 것이다. 이제 날마다 규칙적으로 해야 한다.

2. 필사는 반드시 손으로 해라

요즘은 손으로 쓰는 것보다 컴퓨터 자판을 다루는 게 더 익숙한 사람들이 많다. 하지만 필사는 반드시 손으로 하기를 바란다. 내가 생각하기에 이것은 일종의 참선처럼 정신적, 정서적 효과가 있다.

게다가 필사를 하면 정독하게 된다는 장점이 있다. 컴퓨터 자판을 두들기는 것보다는 손으로 필사하는 것이 당연히 속도가 더 느리다. 그래서 책을 천천히 보게 되어 이해하는 데 훨씬 도움이 된다.

3. 하루에 두 페이지 이상은 해라

필사는 날마다 해야 하고 최소분량이 두 페이지다. 두 페이지면 한 장이다. 하루에 두 페이지 정도를 하면 일주일이면 열네 페이지다. 하지만 일요일은 하지 않아도 좋다. 아니 오히려 일주일 중 하루는 꼭 쉬라고 말하고 싶다. 날마다 해도 되지만 규칙적인 것이 더 좋다. 글쓰기 습관을 기르기 위해서 말이다. 너무 쉼 없이 하면 쉽게 지치므로 휴식이 필요하다. 특히 작가에게는 비어 있는 시간도 반드시 있어야 한다.

: 7주차 :
나를 알려라

당신이 글을 쓰는 사람이라는 것을 세상에 수시로 알려라. 당신이 어떤 사람인지 알리는 것은 생각보다 엄청난 중요성이 있다. 가장 중요한 점은 당신 스스로 글을 쓰는 사람이라는 생각을 하게 된다는 것이다. 당신이 글을 쓰려는 이유도 세상에 당신의 글을 내보내고 싶어서일 것이다. 요즘엔 책이 되기 전의 글을 세상에 내보내는 방법도 무척 많아졌다.

1. 블로그를 시작해라

블로그에 재미를 느껴서 이미 활동하고 있는 사람도 많을 것이다. 아직 없다면 지금 당장 만들어라. 블로그는 출판사에 당신을 알리는 중요한 도구가 된다. 블로그 운영에 관한 책을 사서 읽고 도움을 받아도 좋을 것이다. 작가 지망생으로서 블로그를 운영할 때 가장 중요한 것은 규칙적으로 글을 올리는 것이다.

2. 인터넷 서점에 서평을 올려라

우리나라 대표 인터넷 서점인 알라딘과 예스24에는 나만의 서재를 만들어서 그곳에 서평을 올릴 수 있다. 뜻밖에 많은 사람이 찾아 들어와 당신의 글을 읽고 가기도 하고 댓글을 남기기도 한다. 그 순간 당신은 당신의 글이 세상 사람들에게 읽히는 기쁨을 얻게 될 것이다. 작가는 이렇게 하나씩 만들어지는 것이다.

3. 소셜 네트워크를 시작해라

바야흐로 소셜 네트워크 세상이다. 덕분에 트위터, 페이스북, 카카오 스토리 등 당신의 이야기를 세상에 내보낼 수 있는 통로가 무척 많아졌다. 이런 적극적인 행동이 당신을 작가로 만든다. 물론 개인적인 성향도 있어서 지나치게 적극성을 띠지 못하는 사람도 있겠지만, 아무튼 소셜 네트워크에 접속은 되어 있어야 한다.

──────────── 도움이 될 만한 책들 ────────────

《100만 방문자와 소통하는 파워블로그 만들기》, 윤상진 외, 한빛미디어
《트위터 만인보》, 박형기, 알렙

: 8주차 :

글 쓰는 습관을 들여라

모든 준비가 끝났다. 이제부터는 글을 써야 한다. 그리고 글을 쓰기 위해선 먼저 글 쓰는 습관을 들여야 한다. 아무리 좋은 아이디어가 있어도 글로 엮어내지 못하면 아무 소용이 없다. 어떻게 하면 글을 써낼 수 있는지 고민하면서 행동으로 옮기자.

1. 일단 책상 앞에 앉아라

작업을 시작하려면 먼저 책상 앞에 앉아야 한다. 앉기는 했지만 처음엔 한 줄도 못 쓸지도 모른다. 하지만 일단 앉아서 컴퓨터 전원을 켜라. 이건 시작을 위해 반드시 해야 하는 행동이며 고민하고 자시고도 없이 그냥 하면 되는 것일 뿐이다. 쓸 게 없어도 그냥 앉는 것이다. 멍하니 있어도 좋고 책을 봐도 좋다. 그러다 단 몇 줄이라도 쓰기 시작해보자. 뜻밖에 써진다는 생각이 들 것이다. 어느 날은 신기하게 술술 써지는 날도 있을 테고. 그런 날들이 쌓여 글도 자꾸 쌓여갈 것이다.

2. 하루에 한 페이지라도 써라

하루에 한 페이지를 써낼 수 있어야 작가가 될 수 있다. 적어도 글을 작업이라고 생각하는 자세가 필요하다. 날마다 글을 쓴다는 것이 당신이 작가라는 사실을 일깨워줄 것이다. 그리고 써야겠다는 생각을 항상 하다 보면 쓸거리가 생긴다. 주변에서 일어난 일 중에도 생각해볼 만한 일들이 있을 것이다. 사실 무엇이든지 다 글감이 된다. 글을 쓰는 연습을 하려면 좋은 글감인지를 따지기보다 일단 써보는 게 좋다. 아무튼 목표는 날마다 한 페이지를 쓰는 것이다. 일단 무조건 써야 쓸 수 있다.

3. 자신에게 맞는 시간을 찾아라

어떤 사람은 새벽에 글을 써야 잘 된다고 하고, 낮에 써야 잘 써진다는 사람, 밤에 작업해야 능률이 오른다는 사람도 있다. 게다가 당신이 직장인이라면 하루 중 일정한 시간을 정해놓지 않으면 글 쓰는 시간을 확보하기가 어려울 것이다. 그러면 작가의 꿈은 저 멀리 달아난다는 사실을 명심하라. 자신의 생활에 맞춰 글 쓸 시간을 찾아라. 몇 번의 시행착오를 겪으면 저절로 알게 될 것이다.

도움이 될 만한 책들

《뼛속까지 내려가서 써라》, 나탈리 골드버그, 한문화
《천년습작》, 김탁환, 살림출판사
《글쓰기 로드맵 101》, 스티븐 테일러 골즈베리, 들녘

: 9주차 :

무엇을 쓸 것인지 결정하라

이제 당신은 쓰고 싶은 책이 어떤 분야인지 알아야 한다. '어떤 책을 쓰고 싶은가?'라는 질문으로 출발하자. 자신이 하고 싶은 게 무엇인지를 아는 것이 중요하다. 말하자면 하고 싶은 이야기의 주제

를 정해야 한다는 말이다. 고민이 깊어야 할 것이다.

1. 현재 출판의 트렌드를 살펴라

요즘 각 서점에 올라와 있는 베스트셀러가 무엇인지 알아보라. 출판에 대한 기사나 자료를 찾아보면 얼마든지 알 수 있다. 또는 인터넷 서점 베스트셀러 코너를 보면 한눈에 알 수 있다. 그리고 세상 돌아가는 일에도 관심을 가져야 한다. 현재 정치적 이슈라든가 경제 상황이나 문화적 이슈에도 관심을 가지고 당신이 살고 있는 세상이 어떻게 돌아가는지 살펴라.

2. 당신이 잘 아는 이야기인가?

당신이 잘 아는 이야기가 아니라면 당신이 전업 작가가 아닌 이상 처음부터 시작하기는 어려울 것이다. 당신이 지금 하고 있는 일과 관련된 이야기나 그간의 경험을 쓰는 것이 책이 될 가능성이 높다. 또는 당신이 너무도 좋아하는 분야라서 오랫동안 관심을 가져왔다면 쌓인 정보도 있고 할 이야기도 많을 것이다. 무엇이든지 간에 당신이 잘 알고 있는 이야기여야 한다.

3. 당신이 좋아하는 분야인가?

이것도 상당히 중요하다. 모든 일은 즐거움이 있어야 끝까지 꾸준히 할 수 있다. 자신의 일이나 관심거리, 흥미와 완전히 다른 분야의 글을 쓰려는 생각은 버려라. 가까운 곳에 길이 있다. 당신의 일과 관심사에 집중해야 한다. 세상에 나와 있는 책 중에는 자신이 개인적인 관심으로 모아둔 자료나 정보들로 책을 쓴 사람이 있다. 새로운 분야보다 자기가 좋아하는 분야가 언젠가는 책이 될 확률이 높다.

4. 사람들에게 하고 싶은 이야기가 무엇인가?

쓰고자 하는 분야를 정했다면 주제를 잡아야 한다. 당신이 사람들에게 하고 싶은 이야기가 무엇인가. 다시 말해 무언가를 주장하고 싶은 것인가 아니면 어떤 이야기를 들려주려 하는 것인가 등 큰 주제를 먼저 정해야 한다. 그리고 당신이 하려는 이야기가 다른 사람들에게 어떤 도움이 될지도 생각해보라.

───────────── **도움이 될 만한 책들** ─────────────

《4시간》, 티모시 페리스, 부키
《아웃라이어》, 말콤 글래드웰, 김영사
《스틱》, 칩 히스 · 댄 히스, 웅진윙스
─────────────────────────────────

: 10주차 :

시장 조사를 해라

쓰고 싶은 분야를 결정했다면 이제 서점엘 나가보라. 글을 쓰고 싶다면서 오프라인 서점에 잘 가지 않았다면 진정 글을 좋아하는 것인지 다시 생각해봐야 한다. 글쓰기를 좋아한다면 책이 있는 공간을 좋아하는 게 맞다. 이번 주차에는 당신이 쓰고자 하는 분야의 책에 대한 시장동향을 살피자.

1. 반드시 오프라인 서점엘 나가보라

온라인 서점도 중요하지만 반드시 오프라인 서점에 가야 한다. 거기서 사람들이 무슨 책을 보는지, 당신이 쓰려는 분야의 코너에 사람들이 얼마나 몰리는지, 어떤 연령대가 많은지 또는 성별은 어떤지 등을 조사하라. 오프라인 서점에 가면 할 일이 또 있다. 이곳에 나의 책이 진열되는 순간을 그려보는 것이다. 짜릿한 동기부여가 될 것이다.

2. 온라인 서점에서 판매량이 많은 책을 알아보라

온라인 서점은 판매지수라는 것이 있어서 어떤 책이 얼마나 팔리는지 구체적인 정보를 얻을 수 있다. 온라인 서점에서 당신이 쓰려는 것과 비슷한 콘셉트의 책이 얼마나 팔리는지 파악하라. 특히 그 책의 목차가 어떻게 되어 있는지 반드시 살펴봐라. 이를 참고하여 내 책을 어떻게 차별화할지 힌트를 얻어라.

3. 조사한 내용을 반드시 기록으로 남겨라

조사로 끝나면 아무 소용이 없다. 조사한 내용을 정리하여 저장해두어라. 모두 당신의 정보가 된다. 특히 앞서 살펴본 목차는 그냥 쓱 훑어보고 마는 것이 아니라 반드시 정리해두어야 한다. 다른 책들의 목차를 살피는 일은 정말 중요하다.

: 11주차 :

자료를 조사하라

시장 조사를 했다면 이제 당신이 쓰고자 하는 책의 자료를 조사할 차례다. 그동안 모아둔 자료도 있을 터인데, 거기에 시간을 들여

더 모아 정리해두어라. 정리를 해보면 당신이 얼마나 알고 있는지 파악할 수 있을 것이다. 아무튼 이제 도서관에 뻔질나게 드나들 차례다.

1. 다른 것과 섞이지 않도록 따로 관리해라

이제부터 찾은 자료는 한곳에 잘 정리하여 모아두어야 한다. 근데 자료를 찾다 보면 지금 쓰고자 하는 책과는 다른 정보도 얻게 될 것이다. 지금 필요한 것이 아니라고 그냥 버리지 말고 모두 모아두어라. 단, 지금 필요한 자료와 섞이지 않도록 따로 관리해야 한다. 원고를 쓰려고 할 때, 마구 뒤섞인 자료더미를 보면 머리만 지끈거리고 정작 필요한 것을 써먹지 못할 수도 있다.

2. 인터뷰도 좋은 자료다

생생하고 현실감 있는 내용이야말로 살아 있는 정보다. 그런 정보를 얻기 위해서는 인터뷰를 할 필요가 있다. 당신이 쓰려는 책의 객관성과 근거를 더하기 위해서도 인터뷰는 좋은 자료다. 가까운 지인이나 전문가에게 정중히 양해를 구하고 인터뷰를 시도하자. 색다른 이야기와 경험을 접할 수 있을 것이다. 인터뷰는 생각보다 조심스러운 작업이기도 하다. 그러니 해야 할 질문을 미리 잘 뽑아서 가져가는 게 좋다. 그냥 이야기를 하다 보면 중구난방이 되어

정작 필요한 정보는 얻지 못하거나 양이 적을 수 있으니 말이다.

3. 분류하여 체계화시켜라

지금까지 모은 자료는 주제별로 또는 중요도별로 분류하여 체계
화해야 한다. 어떤 기준으로 분류할지는 당신이 하기 나름이다. 처
음부터 완벽하게 정리할 수도 있지만 하다 보면 요령이 생길 것이
다. 아무튼 중요한 것은 자료를 잘 분류하여 정리해놓는 것이다.
이런 자료들이 점점 쌓이면 정말 대단한 무기를 가진 것처럼 든든
해진다. 원고를 쓰다 보면 자료정리의 중요성을 절실하게 깨닫게
된다. 당장 써먹을 게 아니라고 소홀히 할 일이 아니다.

: 12주차 :

좋은 콘셉트를 잡아라

사실 콘셉트를 잘 잡기는 너무 어렵다. 전문 출판 관계자들도 어려
워하는 부분이다. 독자의 요구와 반응이 다양해서이기도 하지만
창의적인 사고가 필요한 부분이라서 더 어렵다. 우리가 할 수 있는
최선은 다양한 분야의 정보에서 힌트를 얻는 것뿐이다. 그러니 작

가가 되려고 생각한 그 순간 당신은 공부와 절친이 되어야 한다.

1. 차별화되어어야 한다

시중에 나와 있는 책들을 보면 같은 주제를 다룬 책이 정말 많다. 그러므로 기존 책들과 분명한 차별화 요소가 있어야 한다. 다시 말하면 독특한 시각으로 본 새로운 견해가 있어야 한다는 말이다. 그렇다고 튀기만 하면 된다는 얘기는 아니다. 남다른 시각에 누구나 그럴듯하다고 고개를 끄덕일 만한 타당성과 범용성이 있어야 한다. 사회에서 이슈가 되는 것은 무엇인지, 요즘 사람들이 어디에 관심을 두고 있는지 알아야 한다. 내가 사는 시대를 읽어내지 못하면 독자에게 공감을 얻는 글을 쓰기 어렵다.

2. 신선한 매력이 있어야 한다

아무도 시도하지 않았던 콘셉트가 신선하다. 아니면 전혀 다른 분야와 접목해도 새로운 시도라는 평을 들을 수 있다. 글쓰기에도 퓨전을 적용하면 쓸 수 있는 폭이 넓어진다. 그래서 철학을 딱딱하지 않게 풀어낼 수 있고, 역사가 만화가 되기도 한다. 생각을 유연하게 하고 안목을 넓히자. 남들이 우려먹을 대로 우려먹은 콘셉트를 출판사에 들이대 봐야 결과는 뻔하다. 그래서 시장 조사가 필요하고, 정보 수집이 필요하다. 글쓰기에도 시대를 앞서 가는 감각이 있어야 한다.

3. 좋은 콘셉트는 칵테일이다

좋은 콘셉트는 한마디로 칵테일이다. 칵테일은 보기에도 튀는 색 감에 마시면 첫맛이 다르다. 좋은 콘셉트도 보기에 튀는 글감에 맛 있는 요소가 들어 있어야 한다. 칵테일에서 가장 중요한 것은 여러 재료를 적절히 섞는 것이다. 콘셉트를 잡을 때도 한 분야가 아니라 여러 분야를 융합해보라. 아니면 소재나 제재를 섞어보라. 분명 멋 진 칵테일 같은 콘셉트가 나올 것이다.

좋은 콘셉트를 잡으려면 어떻게 해야 할까?

현재 인기가 있거나 사람들의 관심이 쏠린 것과 당신의 분야를 접목해보라. 한 가지 분야만 파고들 것이 아니라 다른 분야와 접목 해보면 재미도 있고 뜻밖의 결과가 나온다.

예시 | 2012년은 올림픽이 이슈다. 그럼 올림픽과 글쓰기를 접목해보자.

1. 더 멀리 쓰기

2. 더 높은 이상으로 쓰기

3. 정정당당하게 쓰기

4. 땀 흘려 쓰기 등등

예시 | 예능 프로그램 〈힐링캠프〉가 대세다. 〈힐링캠프〉와 글쓰기를 접목하면 어떻게 될까?

1. 힐링이 되는 글쓰기

2. 마음을 다스리는 글쓰기

3. 글쓰기로 힐링하기

4. 글쓰기의 힐링캠프 등등

도움이 될 만한 책들

《가끔은 제정신》, 허태균, 쌤앤파커스
《인문학으로 광고하다》, 박웅현 · 강창래, 알마
《통섭의 식탁》, 최재천, 명진출판사

: 13주차 :

목차를 만들어라

목차는 글의 설계도다. 이 설계를 잘해야 책이 된다. 그리고 책의 시작이기도 하다. 기초공사를 잘해야 완공도 빠르고 튼튼한 책이 된다는 사실을 명심해라. 당신이 하고자 하는 이야기의 뼈대를 잘 만들어서 책상에 앉아라. 이제부터 시작이다.

1. 상위 목차를 먼저 만들어라

말하자면 상위 목차는 주제에 가깝다. 당신이 책을 통해 말하고자 하는 핵심을 짚어주는 것이다. 서론, 본론, 결론이라는 삼단구성을 따르는 것이 가장 기본임은 잘 알고 있을 것이다. 몇 번을 바꾸어도 좋다. 아무리 타고난 천재 작가라 해도 뚝딱 하고 내놓지 못한다는 사실을 기억하고 차분히 만들어보자. 처음부터 완벽한 목차는 없다.

2. 세부 목차를 만들어라

상위 목차가 완성되었으면 이제 세부 목차를 만들 차례다. 상위 목차가 이야기의 큰 흐름이라면 세부 목차는 그것을 지탱해주는 버팀목이다. 세부 목차는 구체적이고 재미있어야 한다. 하지만 책의 내용이나 분야에 따라 당연히 달라진다. 진지한 책에 너무 튀거나 가벼운 목차를 달면 오히려 독자의 관심을 떨어뜨릴 수도 있다. 항상 독자층을 생각하라.

3. 각 목차가 서로 연결되는지 살펴라

목차가 서로 연결되어 있어야 책이 하나의 흐름을 가진다. 상위 목차에 대하여 세부 목차가 잘 연결되어 있는지 살펴라. 만일 세부 목차가 아무리 맘에 들어도 상위 목차와 어울리지 않는다면 과감

히 버려라. 아니 따로 남겨두라. 당신이 글을 쓰면서 하는 모든 것
은 버리지 말고 별도의 폴더에 보관하라. 나중에 다 쓸 데가 생길
것이다.

도움이 될 만한 책들

《다산선생 지식경영법》, 정민, 김영사
《살아있는 글쓰기》, 존 R. 트림블, 이다미디어
《글쓰기 정석: 일반인을 위한》, 배상복, 경향미디어

: 14주차 :

출간기획서를 작성하라 1

이제 본격적으로 출간기획서를 작성할 차례다. 주제도 정해졌고
자료도 준비되었다면 출간기획서를 작성해라. 당신이 쓰려는 책
의 실체가 생기는 것이다. 양손을 비벼 마음에도 열을 가한 다음
시작해보자.

1. 출간기획서 양식을 확보하라

글쓰기에 관련된 책에는 출간기획서 양식이 소개된 것도 있다.

어떤 일이든 양식에 맞추어 작성하는 것은 기본 중의 기본이다. 드라마 극본이나 시나리오 공모전을 하는 경우 형식 요건을 갖추지 않은 것은 내용을 보지도 않고 바로 탈락시켜버린다. 정해진 형식을 지키는 것은 그래서 아주 중요하다. 출간기획서는 책을 내는 가장 기초적인 형식이다. 출판사는 일차적으로 출간기획서를 보고 출간을 판단한다.

2. 제목을 감각적으로 지어라

사실 책이 나올 때 제목은 출판사에서 결정하는 경우가 대부분이지만, 멋진 제목을 지어 보내면 강하게 어필할 수 있다. 제목을 잘 지어라. 조금은 튀는 감각으로 짓는 게 좋다. 요즘엔 더더욱 제목이 중요하다. 편집자에게 당신이 감각이 있다는 것을 알릴 필요가 있다. 제목 하나 바꾸어서 판매량이 몇 배가 늘어난 책들이 뜻밖에 많다. 그래서 제목 덕을 보았다는 소리도 나온다.

3. 저자소개도 중요하다

당신을 소개하는 것도 무척 중요하다. 당신에 대해 알릴 수 있는 것은 모두 알려라. 당신이 하고 있는 일이나 학위, 수상경력 등 모두가 중요하다. 신인 작가라면 더욱 경력이 중요할 것이다. 당신을 잘 알리는 것도 하나의 마케팅이다. 하지만 당신의 그간 행적이 너무나 평범해 내세울 게 없다 해도 실망하지 마라. 실력이 뛰어나다면 분명 길은 있다. 실력도 없다면, 지금부터 작가로서의 소양을 기르기 위해 노력하면 된다. 포기하지만 않으면 언젠가는 실력이 붙는다.

출간기획서를 작성하라 2

출간기획서의 중심은 목차다. 출판사 편집자들이 가장 중요하게 보는 것도 바로 이 목차다. 목차가 신선하거나 재미있지 않다면 아마 신인 작가로선 기회를 얻기 어려울 것이다. 하지만 그 외의 것에도 신경을 써야 한다. 모든 것은 사람의 정성이 들어가야 한다. 출간기획서 하나에도 당신이 정성을 들인 것은 뭐가 달라도 다르다.

1. 보기에 깔끔하도록 만들어라

일단 보기에 좋으면 첫인상이 좋은 법이다. 글씨체나 크기 모두 통일해서 보기에 편하고 단정하게 만들어라. 출간기획서만 정성껏 만들어도 출판사에서 오는 피드백이 달라진다. 작가의 정성이 느껴지는 출간기획서를 만들어라.

2. 결국은 차별화된 콘셉트다

출판 관계자들이 이구동성으로 하는 말이 '쎈 콘셉트'다. 다시 말해 좋은 콘셉트다. 정말 화려한 프로필을 자랑해도 이미 나와 있는 책들과 전혀 다를 게 없다면 편집자의 눈에 들지 못한다. 그러니 비슷한 콘셉트라도 그 콘셉트를 차별화하여 출간기획서를 만들어야 한다. 콘셉트만 남달라도 편집자들은 관심을 가진다. 그러기 위해선 한 가지가 아니라 다양한 관점에서 당신이 쓰려는 분야를 살펴보고 고민해야 한다.

3. 출간기획서의 포인트는 목차다

결국 콘셉트를 구체화하는 것은 목차다. 콘셉트에 대한 이야기는 그럴듯하게 했는데 목차가 전혀 색다르지 않다면 샘플 원고를 보고 싶은 생각이 들지 않을 것이다. 목차를 잘 구성하면 출판 담당자도 샘플 원고를 보고 싶어질 것이다.

: 16주차 :

샘플 원고를 작성하라

이제부터는 원고를 쓰기 시작해라. 원고의 완성 시기는 당신에게 달렸다. 지금부터 하루도 거르지 말고 집중해서 써라. 본격적인 원고 작업을 하기 전에 기본적으로 갖추어야 하는 원고의 모습을 살펴보자.

1. 최소한 목차의 3분의 2는 써야 한다

샘플 원고는 출판사에 투고하기 위한 것이다. 완성된 원고가 있으면 더할 나위 없겠지만 최소한 이 정도는 쓰는 게 좋다. 정해진 분량은 없다. 하지만 당신이 신인이라면 적어도 절반은 훨씬 넘긴 원고를 써야 출판사에 신뢰를 줄 수 있다. 책을 쓴다는 것은 쉬운 일이 아니다. 시작하고 끝을 못 맺는 사람들이 생각보다 많다. 그러니 미리 많이 써두자.

2. 페이지 번호를 매겨라

페이지 번호를 매기는 것은 사소해 보이지만 꼭 필요한 일이다.

출판사에서 프린트하여 볼 수도 있는데, 페이지 번호가 없다면 섞였을 때 순서를 찾기 어렵다. 작은 배려지만 이런 것에도 신경을 쓰는 게 좋다. 나중에 출판사와 통화를 할 때도 페이지가 매겨져 있으면 의견을 교환하기가 수월하다.

3. 보기에 편해야 한다

글씨체는 바탕체나 굴림체가 적당하고 글자 크기는 10pt가 적당하다. 너무 적거나 크면 오히려 가독성이 떨어진다. 글씨체는 반드시 통일해야 한다. 단 바탕체는 폰트가 조금 커야 보기에 편하다.

: 17주차 :

필력을 키워라 1

다른 무엇보다 중요한 것은 필력이다. 아무리 좋은 주제를 가지고 있어도 글솜씨가 없으면 말짱 꽝이다. 특히 신인 작가라면 어필할 수 있는 것 중에 가장 큰 것이 바로 필력이다. 필력이 좋다면 프로필이 조금 약해도 출간 가능성이 높다. 그런데 필력이 하루아침에 키워지는 것이 아니어서 문제다. 당신이 이미 필력을 갖췄다면 모르지만 말이다. 그렇다고 절대 실망하거나 포기하지 마라. 스스로 생각하기에 필력이 조금 약하다 싶으면, 작가 사명서나 보물지도에 책을 내는 시기를 좀 더 여유 있게 잡으면 된다. 단지 포기하지만 않으면 된다.

1. 어린 시절, 가장 기억이 남는 장면이나 사건에 관해 써라(2장 이상)

이런 글은 감성을 키울 수 있을 뿐만 아니라 글쓰기의 시작이라 할 수 있는 솔직한 글쓰기 연습에 많은 도움이 된다. 꾸미지 말고 가감 없이 어린 시절의 이야기를 풀어내 보라. 좋은 기억도 안 좋은 기적도 모두 떠올려 써보라. 당신이 조금 드라이한 성격이라면 잔잔한 음악을 켜놓고 쓰는 것도 좋다.

2. 살면서 가장 슬펐던 순간에 관해 써라(2장 이상)

이 역시 솔직한 글쓰기를 연습하는 것이다. 잘 쓰려고 하기보다는 자신에게 최대한 솔직하고 충실하게 쓰는 것이 중요하다. 쓰면서 눈물이 나면 더 좋고, 그렇지 않더라도 좋다. 하지만 당신이 쓴 글에 당신이 먼저 독자가 되어 눈물을 흘리지 못하면 아무도 울리지 못한다. 물론 독자를 울리는 게 글쓰기는 아니지만 말이다.

3. 잊히지 않는 기억, 상처가 되었던 순간에 관해 써라(2장 이상)

글쓰기에는 치유의 힘이 있다. 당신의 마음속에 묻어두었던 상처를 드러내 표현해보자. 글을 쓰면서 자신도 모르게 울게 된다면 당신은 한발 더 나아간 것이다. 글을 쓰면서 눈물을 흘린다는 것은 솔직하게 글을 썼다는 뜻이다.

: 18주차 :

필력을 키워라 2

앞 주차에서 자신 안의 이야기를 끌어냈다면 이제 좀 더 객관적인 글을 써볼 차례다. 같은 감성적인 글이라도 자기 내면으로 깊숙이 들어가는 글이 있고 그렇지 않은 글이 있다.

이번에도 감성적이고 수사적인 글을 써보자.

1. 지금 가장 사랑하는 사람에게 편지를 써라(2장 이상)

편지는 감성을 끌어내는 데 아주 좋은 방법이다. 지금 내가 사랑하는 사람, 아직도 못 잊는 사람을 골라서 써보자. 부드럽고 아름다운 단어들이 속출할 것이다. 사랑하는 사람, 그리운 사람에게 마음을 담뿍 담은 편지를 써보자.

2. 시를 써라(5편 이상)

시는 수사학적 필력을 키울 수 있는 최고의 방법이다. 자신의 모든 감성을 동원해 시를 쓰는 시간을 만들어보라. 시를 써본 적이 없다면 시에 관해 풀어쓴 에세이를 한두 권 골라서 읽어보자. 시집을 읽는 것도 좋다. 작가라면 시를 반드시 읽어야 한다.

3. 영화를 보고 감상문을 써라(2장 이상)

대중적인 영화뿐 아니라 독립영화를 보고도 감상문을 써보자. 저예산 영화 중에도 꽤 알려진 영화가 많다. 그런 영화를 골라 보자. 꼭 독립영화가 아니어도 되지만 감상문을 쓰기엔 스토리가 있는 영화가 좋을 것이다.

─────────── **도움이 될 만한 책들** ───────────

《불편해도 괜찮아》, 김두식, 창비
《이 영화를 보라》, 고미숙, 그린비

필력을 키워라 3

앞에서 주력한 일이 감상적인 부분의 글쓰기였다면 이번엔 논리적인 근거를 드는 글쓰기를 해보자. 당신이 정작 써야 할 글은 아마도 논픽션일 것이다. 그러려면 논리적인 글쓰기가 필요하다. 하지만 딱딱하게 쓰려고 애쓰지 말고 편하게 써보자.

1. 한 달에 한 번 나만의 백일장을 열어라

필력을 기르기에 정말 좋은 방법이다. 한 달에 한 번 한가로운 토요일 저녁이나 일요일 저녁, 한두 시간을 정해 백일장을 열어라. 시간과 주제를 정해놓고 글을 써보면 필력 키우는 데 정말 도움이 된다. 혼자 하려니 잘 안 지켜진다면 뜻이 맞는 사람과 함께해도 되고 가족끼리 해도 좋다. 무엇이든 강제력과 압박감이 있어야 제대로 되는 법이다.

2. 심오한 철학적 주제를 가지고 써라(2장)

가벼운 주제만을 가지고 쓰면 글은 편해질지 모르나 사고의 폭은 넓어지지 않는다. 편하게 풀어쓴 철학책들을 반드시 읽어라. 어려운 철학책도 좋다. 인문학을 공부하는 일은 작가에게 필수다. 이런 책들을 읽다 보면 어떤 주제로 글을 쓸지 정할 수 있을 것이다. 깊이 있는 주제를 골라서 써보자.

3. 사회적인 이슈를 골라서 견해를 써라(2장)

인터넷에 접속하기만 해도 지금 어떤 일이 이슈인지 금방 알 수 있다. 지금 사람들 사이에서 의견이 분분한 이슈를 골라 당신의 견해를 피력해보자. 특히 이런 글은 객관적인 근거를 제시하는 것이 중요하다. 그리고 당신의 주장을 펼치는 것도 중요하다. 적극적으로 써보자.

예시1 생활고로 아이들과 동반자살하는 사람이 늘고 있다. 그 예를 하나 선택하여 그들 처지에서 써보자. 지금 인터넷 포털 사이트에서 검색해보라. 엄청나게 많은 사례를 찾을 수 있을 것이다. 그들은 왜 이런 선택을 할 수밖에 없었을까? 그냥 생각하는 것과 그들의 입장이 되어 글로 써보는 것은 엄청난 차이가 있다.

예시2 대선이 코앞이다. 안철수 교수에 관해 의견이 분분하다. 안철수 교수의 인물 분석을 한번 해보자. 그리고 당신의 생각으로 주장을 펼쳐보자.

예시3 '정치가 무엇이라고 생각하는가?' 혹은 '이상적인 정치인
이란 어떤 인물일까?'라는 질문을 놓고 여기에 답한다 생
각하고 글을 써보자. 아마 평소에 생각은 자주 했을 터이
지만 이런 주제로 글을 써본 적은 없을 것이다. 생각과 글
의 차이를 알 수 있고 글쓰기 훈련도 된다.

도움이 될 만한 책들

《세계의 교양을 읽는다》 1~4, 최병권 · 이정옥 · 최영주 편, 휴머니스트
《이것은 질문입니까》, 존 판던, 랜덤하우스코리아

필력을 키워라 4

이번엔 일반적인 글쓰기와 다른 형식의 글쓰기를 해보자. 이렇게
다양한 글쓰기를 시도하다 보면 알게 모르게 필력이 붙고 글에 대
한 재미를 느낄 수 있다.

1. 인물 묘사를 하라(2장 이상)

주변에 있는 사람이나 유명인을 골라 그 사람을 묘사해보자. 마치 캐리커처를 그리듯 외모를 묘사해도 좋고, 성격에 초점을 맞춰도 좋다. 아무튼 여러 각도로 그 인물을 살펴보고 묘사하면서 사람에 대한 표현법을 늘리자.

2. 대화체로 만들어라(3장 이상)

마치 드라마를 쓰듯 대화체로만 상황을 정해서 써보자. 드라마 작가라고 생각해도 좋다. 모든 기술을 대화체로만 엮어보자. 이런 글은 쓰기에 수월할 것이라 생각하겠지만 해보면 그렇지 않다는 걸 알 것이다. 같은 대화라도 밋밋하게 말고 이왕 쓰는 거 재미있게 써보자. 대화체니까 요즘 유행어도 슬쩍 넣어보고 말이다.

3. 좋아하는 시를 열 편 찾아 그 시가 좋은 이유를 써라(2장 이상)

시를 쓰는 것이 아니라 좋아하는 시를 찾아내고 그 시가 좋은 이유를 설명하는 것이다. 시에 대해서 설명한 책들이 있는데, 그런 책을 읽어보는 것도 좋다. 그래도 가장 좋은 것은 자신이 여러 시를 살펴보고 직접 고르는 것이다. 그 시가 내 마음을 사로잡은 이유를 쓰고, 작가는 왜 이런 시를 지었을까도 생각해본다.

《철학적 시 읽기의 즐거움》, 강신주, 동녘
《시 읽기 좋은 날》, 김경민, 쌤앤파커스

: 21주차 :

인문학 공부는 반드시 해라

작가는 본래 잡학다식한 사람이다. 여러 가지를 많이 알고 있어야 그만큼 쓸 수 있는 재료도 많아진다. 뭔가를 잘 알고 작가의 길을 가는 것과 그냥 가는 것은 분명히 다르다. 인문학은 당신에게 철학의 힘을 불어넣어 줄 것이다.

1. 인문학책, 한 달에 두 권은 반드시 읽어라

인문학책 중 특히 철학에 관한 책은 반드시 읽어야 한다. 작가는 일종의 사상가다. 작가의 머리와 가슴에 철학이 없다면 그의 글도 빈껍데기에 불과하다. 특히 요즘은 인문학의 중요성이 나날이 높아지고 있다. 당신의 삶에 철학을 끌어다 줄 인문학책을 반드시 읽어라.

2. 인문학 공부는 꾸준히 해라

인문학은 사람에 관한 이야기다. 작가가 쓰는 글도 사람에 관한 이야기다. 인문학적 소양이 없는 작가라면 글이 얕을 것이고, 그를 진정한 작가라 할 수 없다. 인문학 공부를 할 때는 읽고 끝내지 말고 삶으로 받아들여야 한다.

3. 인문학책은 반드시 필사를 하며 읽어라

인문학책은 일단 어렵다. 그래서 정독하지 않으면 무슨 의미인지 하나도 모르고 지나갈 수도 있다. 인문학책은 마지막 페이지를 덮었다고 해서 책을 읽은 게 아니다. 두고두고 곱씹어야 한다. 인문학책은 반드시 필사를 하면서 읽어라.

───────── **도움이 될 만한 책들** ─────────

《희망 인문학에게 묻다》, 신동기, 엘도라도
《도덕경》, 오강남 풀이, 현암사
《인문학 공부법: 통찰력을 길러주는》, 안상헌, 북포스
《근사록집해》, 주희 · 여조겸 편, 아카넷

: 22주차 :

1차 퇴고하라

글이 언제 완성되는지는 당신에게 달렸다. 여기서는 22주차이지만 당신의 진행 속도에 따라 달라질 수 있다. 집중해서 쓴다면 완성되는 기간이 짧을 수도 있겠지만, 당신이 직장인이거나 글을 쓰는 데 속도가 느린 편이라면 오래 걸릴 것이다. 일반적으로 글의 완성 기간은 정해진 것이 없다. 아무튼 글이 완성되었다면 이제 퇴고를 할 차례다.

1. 전체적인 흐름을 살펴라

당신이 쓴 글을 소리 내어 읽어보자. 그렇게 하면 잘 읽히는지 중간중간 끊기는지 알 수 있다. 그리고 반드시 프린트를 해서 읽어봐라. 문장의 흐름이 더 잘 보이고 틀린 문장이 눈에 훨씬 잘 들어온다.

2. 맞춤법 검사를 해라

워드나 아래 한글은 자체적으로 맞춤법 검사를 하게 되어 있다.

다른 맞춤법 검사 프로그램에서 검사를 하는 것도 좋다. 나중에 편집 과정에서 교정과 교열을 하지만 원고를 넘기기 전에 당신이 먼저 하는 것이 좋다.

3. 맞춤법보다 중요한 것은 당신의 느낌이다

사실 맞춤법은 때로 너무 표준어적이다. 때로는 당신이 표현하고자 하는 것이 제대로 표현되어 있는지가 더 중요하다는 사실을 명심해라. 예를 들어 '이쁘다'라고 쓰면 맞춤법 검사기는 수정을 요구한다. '예쁘다'가 표준어이기 때문이다. 하지만 '이쁘다'라고 해야 더 글맛이 나는 때도 있음을 잊지 말자.

―――――――――― **도움이 될 만한 책** ――――――――――

《우리말 달인 잡는 문제집》 1~4, 임무출, 다산초당

투고 리스트를 만들어라

드디어 원고를 출판사에 투고할 시기가 왔다. 마음을 가다듬고 출사표를 던질 때다. 원고가 당신의 마음에 들건 안 들건 이제 투고를 위한 준비를 해야 한다.

1. 출판사 전화번호와 이메일을 확보하라

먼저 인터넷 서점에서 출판사를 조사하라. 요즘은 인터넷 검색으로 대부분 출판사의 이메일을 확보할 수 있다. 그렇지 않은 곳도 간혹 있는데 그런 곳은 따로 오프라인 서점에 가서 확보해야 한다. 또는 그 출판사에서 출간된 책의 판권 면을 참고하면 된다.

2. 관련 분야의 책이 나온 출판사는 따로 정리해라

오프라인 대형 서점에 가거든 관련 분야의 책이 있는 코너에 먼저 가라. 그곳에는 당신이 쓰려는 책과 비슷한 분야의 책이 많을 것이다. 그런 책을 낸 출판사들을 모두 찾아 따로 정리해라.

3. 투고할 출판사를 50군데 이상 확보하라

출판사 리스트 개수가 50군데는 넘어야 한다. '진인사대천명'이라 했다. 몇 군데 보내고 말 생각이라면 시작도 하지 마라. 얼마나 정성껏, 얼마나 열심히 투고하는지가 당신이 작가 될 시기에 영향을 줄 것이다.

: 24주차 :

2차 퇴고하라

1차 퇴고를 했다고 끝난 게 아니다. 다시 마무리 퇴고를 해야 한다. 퇴고는 많이 할수록 좋다고들 이야기한다.

1. 2주 정도 묵혔다가 다시 읽어라

시간이 된다면 원고를 완성하고 난 뒤 2주 정도 묵혔다가 다시 퇴고하라. 원고를 붙잡고 있다 보면 눈에 너무 익어 무뎌진다. 솔직히 질리기도 할 것이다. 그럴 때는 조금 묵혔다가 다시 보면서 퇴고하는 게 좋다.

2. 다섯 번 이상 퇴고하라

고쳐서 나빠지는 글은 없다. 적어도 다섯 번 이상이다. 다섯 번 이상은 퇴고를 해야 한다. 고칠 게 없다고 생각해도 다시 읽다 보면 또 고치고 싶은 부분이 나온다. 그래서 퇴고는 해도 해도 끝이 없다고들 한다. 하지만 퇴고를 안 하는 것만큼 작가로서 게으른 것도 없다. 퇴고는 최선을 다하는 것 이상의 문제다.

3. 멈출 때를 아는 것이 현명하다

퇴고는 고치는 것이 아니라 멈추는 것이란 말도 있다. 고치려면 끝이 없다. 멈추어야 할 때를 잘 판단하라. 다섯 번을 넘기면 슬슬 멈추어야 한다고 생각해라. 하지만 그 시점은 당신만이 알 것이다. 이 정도면 됐다고 생각된다면 그때가 멈출 때다.

: 25주차 :

투고하라

드디어 투고할 때가 왔다. 이제 출판사의 이메일에 당신의 원고를 첨부하고 보내기를 누르면 된다. 그동안 정말 수고했다. 스스로에게 칭찬을 해주자.

1. 전화를 먼저 하라

당신이 내고자 하는 분야의 책을 낸 출판사에는 반드시 전화를 먼저 걸어서 담당자와 통화해라. 설령 통화를 못 한다 해도 괜찮다. 출판사의 누군가에게 당신이 출간기획서와 샘플 원고를 보낸다는 사실을 알리는 것이 중요하다. 더러는 회사 홈페이지에 직접 투고하게 되어 있는 출판사도 있다. 그런 곳은 굳이 전화를 하지 않아도 된다.

2. 투고 리스트를 만들어라

투고한 내용을 엑셀파일로 정리해두어라. 투고했다고 끝난 것이 아니다. 답변 메일이 어느 출판사에서 왔는지, 내용은 어떤지를 반드시 정리해두어라. 다음번에 도움이 된다.

3. 방법을 고민하라

한꺼번에 다 보낼 수도 있지만 마음에 드는 출판사에 먼저 보내고 기다려보자. 그러면 시간이 오래 걸리긴 하지만 당신이 출판하고 싶은 출판사 순으로 투고할 수 있다. 그렇지 않고 한꺼번에 보내면 결과는 빠르게 나오지만 단점도 있다. 만약 어떤 출판사와 계약을 했는데 뒤늦게 연락 온 곳이 더 마음에 드는 출판사여서 후회하게 될 수도 있다. 한꺼번에 보내든 하나씩 천천히 보내든 정해진 답은 없다. 당신이 하고 싶은 대로 하면 된다.

: 26주차 :

거절메일에 대처하라

투고를 하는 족족 출간하겠다는 연락이 오는 건 아니다. 50군데 넘게 투고했을 때 한두 군데에서 연락이 왔다면 성공한 셈이다. 그러니 투고를 하고 나서 가장 많이 받는 메일이 거절메일일 수밖에 없다. 거절에 대처하기 위해 마음가짐을 다져야 한다.

1. 절대 실망하지 마라

출판도 어차피 사람이 하는 일이다. 편집자의 성향이나 출판사 상황에 따라서 거절하는 일이 많다. 꼭 원고가 나빠서가 아니라는 얘기다. 또 온통 거절메일뿐이라 해도 실망하지 마라. 다시 시작하면 된다. 기회는 얼마든지 있다. 당신의 열정이 식지 않는 한 계속 도전하면 된다. 도전하는 횟수가 많아진다는 것은 그만큼 기회도 많아진다는 뜻이다.

2. 포기하지 마라

그 많은 출판사에서 모두 연락이 없다 하더라도 포기하지 마라. 그리고 다시 시작하라. 어쨌든 당신은 한 번이라도 시도해보았고 지금까지의 과정을 경험했다. 다음번엔 더 쉬울 것이다. 그러니 절대로 포기하지 마라.

3. 좋은 피드백을 준 곳과 연락하라

당신이 50군데를 보냈다면 그중 몇 군데에서는 출간의사를 밝힐 수도 있다. 그때는 출간을 하면 된다. 그런데 피드백은 좋은데 거절인 곳도 있을 것이다. 그 출판사에 연락을 취해 조언을 구하는 것도 좋은 방법이다. 그러면 친절하게 조언해줄 것이다. 그들의 이야기를 잘 새겨들어라.

나의 브랜드를 만들어라

원고를 쓰고 투고를 하면서 당신은 귀한 경험을 했을 것이다. 그중 하나가 당신이 출판계에선 아무도 알아주지 않는 사람이라는 사실이다. 당신의 프로필이 어떻든 글쓰기에서는 신입생이라는 생각을 해야 한다. 그런 당신을 출판사 편집자에게 어필할 수 있는 것은 당신이 가지고 있는 경력이나 글쓰기와 관련한 경험들이다.

1. 당신은 유명 소설가가 아니다

당신이 소설가로 등단했다면 이 책을 보고 있지도 않을 것이다. 그러니 당신이 출판계에 발을 들여놓을 방법은 좋은 원고를 쓰기 위해 피나는 노력을 하는 것밖에 없다. 글쓰기 관련 강좌나 프로그램을 통해 필력을 기르는 것도 좋은 방법이다.

2. 자신의 커리어를 살려라

요즘 들어 비소설류의 책이 많이 나오고 있다. 당신의 일에서 전문가가 될 방법을 찾아라. 당신의 경력이 원고를 받쳐준다면 출판사는 일단 호의적일 것이다.

3. 레퍼런스를 쌓아라

당신이 쓰고 싶은 분야에 대해 많은 관련거리(reference)를 쌓아 놓아라. 여행에 대해 쓰고 싶다면 여행 관련 블로그나 모임, 많은 여행 경험 등이 있어야 한다는 뜻이다. 많이 쌓아놓을수록 그 분야에 대해 할 말이 있는 셈이다.

도움이 될 만한 책들

《퍼스널 마케팅》 필립 코틀러, 위너스북
《정상에서 만납시다》 지그 지글러, 산수야

: 28주차 :

출간 계약 후가 더 중요하다

다행히 출판사에서 출간 제의를 해왔다. 당신은 아마 뛸 듯이 기쁠 것이다. 하지만 출간 계약을 하고 난 후가 더 중요하다. 이제부터 진짜 출판계와의 인연이 시작되었으니 좋은 인연이 되도록 최선을 다해야 한다. 책 한 권으로 끝낼 게 아니라면 더더욱 출판사와의 인연을 소중하게 생각하라.

1. 원고 마감을 잘 지켜라

신인 작가는 출판사에서 원고 제출 시기를 관리하기도 하는데, 약속을 잘 지켜야 한다. 기본적인 것을 잘 지키는 사람에게 신뢰가 쌓이는 법이다. 써야 할 분량이 많거나 작업이 오래 걸리는 편이라면 출간 계약서를 쓸 때 원고 마감 날짜를 넉넉하게 잡아라. 처음부터 지킬 수 있는 약속을 해두는 게 좋다.

2. 초심을 잃지 마라

처음 글을 써서 책을 내고 싶다고 생각했던 그 마음을 잃지 마라. 글에 대한 순수한 애정을 한순간도 잃지 말고 써라. 출간 계약을 하면 자신에게 칭찬을 해주어야 마땅하다. 그렇지만 자신이 글을 잘 쓴다고 자만하지 마라. 잘 쓴 글은 없다. 독자가 잘 읽어주는 글이 있을 뿐이다. 기뻐하되 항상 처음의 자세로 돌아가 겸손해져라.

3. 출간 계약이 목적이 되어선 안 된다

출간 계약이 다가 아니다. 당신은 작가라는 사실을 잊지 마라. 프로페셔널 작가는 글을 잘 쓰는 것도 중요하지만 태도와 마음가짐에서 프로가 되어야 한다. 책 한 권 내는 것으로 끝낼 것이 아니라 오래도록 글을 쓰는 작가로 남는 것이 목적이 되어야 한다. 출간 계약이면 끝나는 것이 아니라 책이 세상에 나오는 것이 더 중요하다. 그러고 나면 더 나은 책을 내기 위해 다시 책상 앞에 앉아야 한다.

──────────── **도움이 될 만한 책들** ────────────

《나는 왜 쓰는가》, 조지 오웰, 한겨레출판
《천직여행》, 포 브론슨, 물푸레
《거장처럼 써라》, 윌리엄 케인, 이론과실천